아날로그인

(我날로그人)

아날로그인

초 판 1쇄 2022년 10월 20일

지은이 서지현
펴낸이 류종렬

펴낸곳 미다스북스
총괄실장 명상완
책임편집 이다경
책임진행 김가영, 신은서, 임종익, 박유진

등록 2001년 3월 21일 제2001-000040호
주소 서울시 마포구 양화로 133 서교타워 711호
전화 02) 322-7802~3
팩스 02) 6007-1845
블로그 http://blog.naver.com/midasbooks
전자주소 midasbooks@hanmail.net
페이스북 https://www.facebook.com/midasbooks425
인스타그램 https://www.instagram/midasbooks

©서지현, 미다스북스 2022, *Printed in Korea*.

ISBN 979-11-6910-084-7 03810

값 17,000원

미다스북스는 다음세대에게 필요한 지혜와 교양을 생각합니다.

아날로그인

(我날로그人)

서지현 지음

온전한
나를 만나는
자유

미다스북스

삶이 실감 나지 않는다면

삶의 디지털화가 가속화되고, 비대면 관계가 일상이 되면서 '나다움', '인간다움'에 대한 갈증이 심화되고 있다.

때때로 삶이 실감 나지 않는다. 알몸이 물에 잠긴 듯 노곤하고, 안경 벗은 눈으로 앞을 보듯 세상이 뿌옇다.

물건을 사는 방식만 해도 그렇다. 언제부턴가 온라인 창에서 구매를 결정한 후 실물을 대하는 일이 예사가 되었다. 겹겹이 둘린 배달 포장을 뚫고 실물을 마주하는 순간은 언제나 긴장이 된다. 손에 받아 든 물건의 실체 앞에서, '이것이 내 모든 판단과 직관을 동원해 그려낸 물건의 이상과 맞아떨어져야 할 텐데.' 하며 맘을 졸인다.

매달의 신성한 노동의 대가는 예의상 통장에 점만 찍고는 저마다의 용무를 찾아 뿔뿔이 흩어진다. 그것이 두둑한 돈뭉치가 될 만한 큰 액수일지라도 손아귀에 쥐어지지 않은 돈의 크기란 모호하기만 하다. 봉급날, 그 옛날의 아버지들처럼 뜨끈한 통닭 한 마리 가슴에 품고 집으로 향한다면 그날의 기쁨이 조금이나마 실감날까.

온라인상의 인간관계는 또 어떤가. 그것은 많은 이점에도 불구, 어떤 면에선 신기루 같다. 서로 살가운 관계를 이어가다가도, 어느 한편이 상대의 반응에 소홀하거나 자취를 감추면 인연은 끝이 난다. 관계를 시작하는 일만큼이나 정리도 손쉽다. 이와 같은 관계의 가벼움을 무어라 설명할까? 어쩌면 눈빛과 표정의 맞교환, 체온과 체취의 나눔, 더 나아가 살과 살의 부대낌이 부재한 관계의 한계가 아닐는지.

종이 여백을 꾸리는 일에 비하면, 모니터에 활자를 박아넣는 일은 어딘지 모르게 삭막하다. 텅 빈 모니터 앞에서라면 종종 부채의식을 느낀다. 미완성의 문장 끄트머리에 달린 커서가 빚을 독촉하는 빚쟁이마냥 쉼 없이 깜빡이면, 나는 막연한 의무감에 사로잡혀 차가운 자판을 두들기기 시작한다. 손아귀의 온기를 거치지 않은 활자들이 화면 위로 무심히 내려앉는다. 삐뚤빼뚤, 내 삶과 생각은 여전히 정돈되지 못한 채인데,

순백의 화면을 가득 메운 활자는 어찌 그리 곱고 단정하기만 한지. 그것이 과연 내 삶을 온전히 투과한 나의 이야기가 맞는지, 어쩐지 못 미더운 생각이 든다.

 삶에 대한 목마름, 그 해갈의 비책은 아날로그식 삶의 비중을 늘리는 데에 있다고 본다. 혹자는 아날로그 라이프를 단순히 '감성을 중시하고, 느긋함을 지향하며, 옛것을 소중히 하는 삶' 정도로 여길지 모르겠다. 그것은 아마도 '아날로그'라는 단어 자체가 품은 '레트로', '감성', '느림', '회귀' 정도의 통념 탓이리라. 그런 식의 접근이 아예 틀렸다고는 볼 수 없지만, 적어도 내가 생각하는 바는 그 이상이다.

 '연속성'이야말로 아날로그를 말해주는 가장 주요한 개념이다. 아날로그란 '어떤 수치를 연속된 물리량으로 나타내는 방식'이며, 흔히 바늘시계나 수은주 온도계, LP판이 그 개념을 충실히 대변해왔다. 그렇게 따지고 보면, 우리가 살아내는 매일의 삶이야말로 오롯한 아날로그가 아니던가. '오늘'이라는 삶은 유유히 흘러온 시간의 연속선상에 놓여 있으며, 오늘의 나는 어제의 나와 긴밀히 연결된 존재이기 때문이다.

 그렇다면 아날로그 라이프의 기본은 뭘까? 시공을 두 축으로 하는 인생 그래프에서 현재 나의 좌표를 분명히 아는 것이 아닐까? 지나온 시절을 조망하며 인생의 결핍을 능동적으로 수용하고, 삶의 무게중심을 잃지 않는 삶. 그것은 어떤 상황에서도 삶에 대한 주도권을 놓지 않겠다는 의지이며, 자신의 삶을 시류에 맡기거나 흘러가는 대로 두지 않겠다는 다짐이기도 하다.

지난날의 기억과 결핍을 돌아보며 자화상을 마주했다. 불완전한 나를 보듬게 되면서 세상에 대해 오감이 열리기 시작했다. 나를 둘러싼 작고 사소한 것들에 대해서도 더욱 애착을 두게 되었다. 무엇보다 가장 나다운 삶에 가까워지고 있었다. 이것이 내가 누려온, 더 나아가 독자들과 나누고 싶은 아날로그식 삶의 정수다.

인간미 물씬 풍기는 삶의 글 조각을 모아봤다. 세상이 정해준 기준과 원칙이 아닌 내면의 소신과 감각을 따라 삶을 꾸려나가는 한 아날로그인의 작지만 옹골찬 이야기다. 이 글을 대하는 독자마다 생의 감각을 되찾고, 온전한 나다움과 인간다움을 회복하기를 꿈꾼다.

오늘도 나는 아날로그로 산다. 온전한 나를 만나기 위해 택한 삶의 방식, 아날로그. 我날로그.

목
차

I

아날로그는 연속성이다:
인생 그래프에서 좌표 찾기

II

아날로그는 감각이다:
오감이 내게 건넨 즐거움과 깨달음

III

아날로그는 애착이다:
오래도록 곁에 두고 싶은 것들

IV

아날로그는 가장 나다움이다:
내 식대로 소신껏 살아내기

I

아날로그는 연속성이다:
인생 그래프에서 좌표 찾기

01

삶은 뜨개다

삶은 뜨개다. 자신을 둘러싼 시공을 두 개의 대바늘 삼아 하루, 또 하루를 한 땀 한 땀 짜내려가는 일.

곧 돌이 되는 조카를 위해 망토를 뜬 적이 있다. 뜨개 솜씨가 서툴러 어쩌다 코를 빠트리기도 했다. '한두 코쯤이야.' 생각하며 그 일을 대수롭지 않게 여겼고, 다음 코를 꿋꿋이 이어나갔다. 언뜻 보아 남의 눈에 띌 정도는 아니었다. 그러나 뜨개가 완성되어 갈수록 빼먹은 코에 자꾸만 마음이 쓰였다. 제자리에 걸리지 못한 한두 코 탓에 언젠가 뜨개옷이 걷잡을 수 없이 풀려버릴지도 모를 일. '풀린 올을 모른 척하고 계속해서 앞으로 나아간다 한들 결국 원점으로 돌아가게 되지 않을까?' 하는 생각에 자꾸만 뒤가 켕겼다. 틀림없이 어린 조카에게 두고두고 미안하게 될 일이었다.

뜨개는 바느질과 달리 구멍 난 부분만 콕 집어 꿰맬 수가 없다. 대바늘에 걸린 앞코, 뒤코를 지나온 순서대로 차근차근 풀어내야만 문제가 되는 부분에 이를 수 있는 것이다. 어쩔 수 없이 애써 뜬 뜨개를 풀기로 했다. 많은 품을 들여 먼 길을 돌아가야 하더라도 기꺼이. 일의 결국을 말하자면, 나는 그 고된 과정을 통해 느끼고 배운 바가 컸다.

———

기실 내게는 더 이상 뜨개를 이어갈 수 없다고 여기던 때와 같은 날들이 더러 있었다. 더는 한 발자국도 앞으로 나갈 수 없다고 여긴 순간들이었다. 나는 이전의 나를 온전히 받아들이지 못하고 있었다. 지난날의 사소한 실수나 대단한 후회들, 가슴속 생채기와 제법 큰 상처, 어쩌면 여태 이기지 못하는 커다란 슬픔까지. 그것들은 인생이라는 뜨개에서 원치 않게 빠트린 코요, 그것들의 공통된 이름은 '결핍'이었다.

뜨다 만 조카의 옷을 다시 매만져야 했던 것처럼, 내 인생의 뜨개실도 과감히 풀어야만 했다. 더 늦기 전에 지난날의 나와 살뜰한 관계를 맺고 싶었다. 비로소 지금껏 적당히 덮어두었던, 내 안의 해묵은 이야기들을 꺼내들기 시작했다.

뜨개실을 풀며 이전의 나와 많은 말들을 주고받았다. 어린 나의 조그만 등을 도닥여주는가 하면, 가슴으로 한껏 안아주었다. 그때 그럴 수밖에 없었느냐고 따끔하게 나무라야 할 일도 있었다. 하나의 오해가 풀리고 나면 마음이 꼭 한 뼘 넓어졌다. 사심 없이 지난날을 바라보자니 재해석의 여지도 생겼다. 이미 제출한 답안이나, 끓어 넘친 냄비처럼 손쓸 수 없는 게 인생인 줄 알았는데, 다시 매만질 여지에 고마움을 느꼈다.

아날로그로 산다는 것은 가끔 멈춰 서서 뒤를 돌아보는 것이다. 앞만 보고 달려나가다 큰코다친다. 아니, 큰 코 빠트린다. 빠진 코를 알아챘다면, 인생의 뜨개실을 설설 풀어야 할 때다. 손쓸 기회가 영 사라지기 전에.

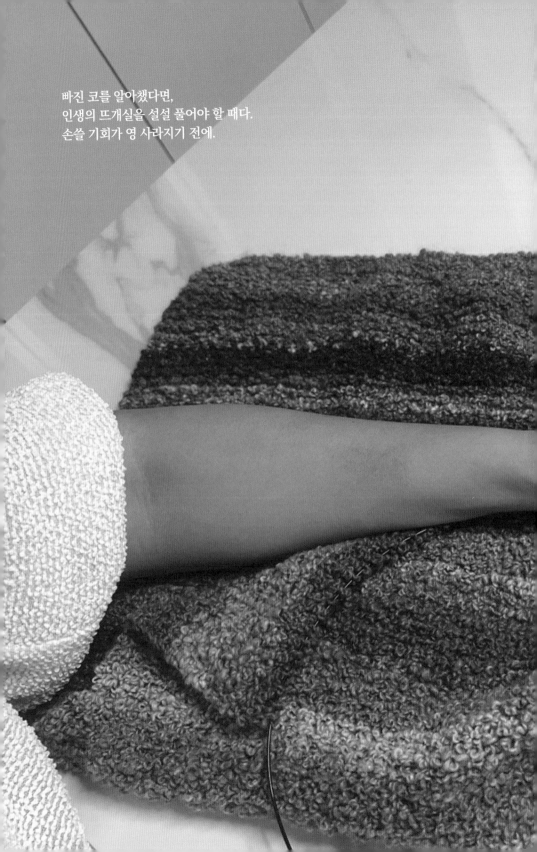

빠진 코를 알아챘다면,
인생의 뜨개실을 설설 풀어야 할 때다.
손쓸 기회가 영 사라지기 전에.

무채색 유년과 빨강머리 앤

02

어린 시절의 찬란함은 종종 색종이의 총천연색에 빗대어진다. 유년의 때야말로 인생에서 가장 티 없이 맑은, 다복한 시기로 여겨지기 때문일 것이다.

그런데 어찌된 일인지 나의 유년은 어둡고 칙칙한 날들이 많았다. 애써 추억하려 해도 그날의 즐거움이 잘 떠오르지 않는 것이, 아무래도 무채색으로 범벅된 날들이었다. 나는 아들 손주들에 대한 할머니의 심한 편애로 집에서는 숨을 죽여야 했고, 동네 골목에서조차 마음을 나눌 또래가 없어 자주 외로웠다. 생계를 책임지느라 어깨가 무거운 아빠와, 고부간 갈등으로 삶의 기쁨을 잃은 지 오래인 엄마. 부모님조차 어린 딸의 마음을 살필 여유란 없었다. 게다가 요즘같이 유치원 다니는 일이 당연치 않던 시절에, 그 흔한 인형 하나 품 안에 안아보지 못했으니, 도대체 어린 소녀는 하루, 또 하루를 무슨 즐거움으로 연명했던 걸까.

어린 시절의 크고 작은 기억은 짙은 음영이 되어 내 삶에 한껏 드리워져 있었다. 몹시도 강렬했던 어떤 날의 장면은 머릿속 한구석에 똬리를 틀고 앉아 언제까지나 군림할 작정인 것만 같았다. 어딘지 모르게 음울한 구석이 있는 내 기질을 두고 하릴없이 그늘진 어린 날을 탓했다. 또렷한 실체도 없는 유년의 결핍을 붙들고, 그렇게 혼자 씨름하듯 괴로워했다.

아주 흘러버린 시간들, 원하는 모습으로 다시 살아낼 수 없는 나의 유년 앞에서 자주 무력함을 느꼈다. 숙명인 양 제 배설물을 일평생 끌고 다니는 쇠똥구리처럼, 나는 언제까지나 유년의 우울 아래 머무르게 될 것만 같았다. 그날의 탁한 기억들을 뭉텅 떨궈내고 싶었다. 무슨 수를 써서라도 그 두텁고 어두운 암막커튼을 확 걷어버리고 싶었다. 그렇지 않으면 밝은 대낮의 삶이라도 완전히 잠식당할 판이었으니.

그러던 어느 날 희망의 불씨 하나를 보았다. 만화영화 〈Anne of Green Gables(빨강머리 앤)〉의 주인공으로부터 뜻밖의 실마리를 얻은 것. 앤의 기구한 처지와 나의 우울한 유년을 견주어보던 중, 그녀에게서 작가, 혹은 연출가의 기질을 보게 됐다.

앤은 별난 상상의 세계에서 스스로를 주인공 삼았다. 그녀의 문학적 상상력과 거침없는 수다는 치유제요, 자기 존엄을 지키는 보호막 노릇을 했다. 앤을 통해 문학이 지닌 치유의 힘을 실감했다. 그녀의 재능이 탐나기 시작했다. 그것은 다름 아닌 어린 내게도 꼭 필요한 능력이었던 것을.

음울한 기운과 함께 끈덕지게 나를 따라붙던 유년의 날들을 마주할 용기가 났다. 유년의 잔상을 수시로 드나들며 흩어진 기억을 짜깁기 시작했다. 그것을 한 편의 필름 삼아 머릿속으로 자주 돌려가면서. 어떤 날의 장면은 종이 위에 남기지 않고는 배길 수 없었다. 장르는 동화를 닮은 수필쯤 될까. 전기가 매끄럽진 않지만 제법 맑고 아름다운 이야기가 뽑아져 나왔다. 그 과정을 통해 알게 됐다. 많이 아팠던 날이 도리어 애틋한 그리움이 되거나, 마냥 행복했던 순간에도 그늘진 슬픔이 머물 수 있음을.

이어지는 글들은 나 자신을 주인공 삼아 써 내려간 이야기의 아주 작은 일부다. 지금은 어른이 돼버린 주인공 아이, 누구보다 그녀가 많이 좋아해주었으면 한다.

떼쓰지 않는 아이

03

나와 친구는 소꿉놀이가 한창이었다. 우리는 길바닥에서 주운 붉은 벽돌조각을 편평한 돌 위에 올려 콩콩 찧어가며 고춧가루를 만드는 데 여념이 없었다. 그때 우리 앞을 지나던 아주머니 한 분이 한마디 말을 내던졌다.

"얘, 엄마더러 그런 머리핀 말고, 빠알-갛고, 노-오랗고, 이-쁜 놈으로 좀 사주라고 그래, 알았지?"

그녀는 내게 두었던 까끄름한 눈길을 한참 만에 거두더니 끌끌 혀를 찼다. 그러고도 아직 할 말이 남아 있었는지,

"딸 하나 있는 것을……."

하는 말을 뒤통수 뒤로 흘리며 서서히 골목을 빠져나갔다. 우리 앞집 사는 아주머니였다. 꼭 어른 가슴께 오는 담벼락 하나를 사이에 두고 수시로 오가는 지척지간 이웃.

예닐곱 살쯤 되었을 것이다. 한쪽으로 가르마를 탄 아이는 앞머리에 핀을 꽂았고, 가까스로 귀밑까지 떨어진 단발의 머리칼은 심한 바람이라도 맞은 듯이 한 방향으로 사정없이 삐쳐 있었다. 엄마는 내 머리가 반곱슬이라 어쩔 수 없다고 입버릇처럼 말하곤 했다.

아주머니가 톡 쏘고 간 말에 아이 얼굴이 훅 달아올랐다. 그렇지 않아도 로션을 제때 바르지 못해 핏발 선 볼이 더욱 붉게 상기되었다. 견딜 수 없는 수치심과 아주머니에 대한 미움 때문이었다.

'아무리 내가 못생겨 보여도 그렇지, 우리 엄마를 함부로 말하다니, 저 아주머니 나빠.'

어서 자리를 뜨고만 싶었다.

"우리 이거 그만 하자. 저 오빠들 따라다닐까?"

마침 동네 머시마들이 이 집 저 집 열린 대문을 들락거리며 우르르 몰려다니고 있었다. 나는 어떡해서든 그 무리 속으로 들어가 꼭꼭 숨고만 싶었다.

날이 저물어 집에 돌아와서는 낮에 있었던 일을 엄마에게 말하지 않았다. 어렸지만 엄마의 형편을 누구보다 잘 알고 있어서였다. 엄마는 매일 아침 신경 써서 딸애 머리를 빗어 넘겨줄 만큼 여유롭지 않았다. 누구의 눈에라도 탐탁해 뵈는, 환하고 고운 머리핀을 일부러 골라다 내 머리에 꽂아주기란 더욱이 힘든 일이었다.

나는 아무 일 없었다는 듯 엄마가 차려주는 저녁을 배부르게 먹었다. 그러고는 엄마와 알바닥[1]에 나란히 누워 잠을 청했다. 연탄불의 열기가 그대로 닿은 방바닥은 뜨뜻하다 못해 뜨거웠다. 엄마 냄새는 진했고, 그 품은 아늑했다. 금세 노곤해진 아이는 방바닥보다 더 뜨겁게 달궈진 엄마 품에서 쉬이 잠이 들었다.

---

1) 아무것도 깔리지 않은 방바닥

사람들은 나를 보고 자주 '어른스럽다'고 했다. 어린 나를 '어른'이라고 불러주는 그 말이 참 듣기 좋았다. 최고의 칭찬인 줄로만 알았다. 나는 계속해서 어른의 말투와 행동거지를 흉내 냈고, 더욱 어른처럼 굴려 애썼다.

왜 떼쓰며 울지 않았던가. 친구들처럼 내 머리도 엄마가 빗겨달라고, 머리핀은 예쁘고 깜찍한 걸로 꽂아달라고. 예쁜 옷과 품에 꼭 안을 수 있는 인형도 좀 사달라고. 이왕 떼쓸 거라면 두 다리 쭉 뻗고 앉아 앙칼지게 울어젖힐 걸 그랬다. 적어도 나는 그만한 자격이 있는 엄마의 하나밖에 없는 딸이니까. 그랬더라면 엄마는 못 이기는 척 딸아이의 고운 머리를 쓸어 넘기며 '딸 키우는 게 이런 재미구나!' 했을 텐데. 그랬더라면 '어쩌면 딸자식을 그렇게 예쁘게 키우느냐?' 하는 동네 사람들 칭찬에 마냥 어깨춤이 추어졌을 텐데. 그것만으로도 팍팍하고 웃을 일 없는 일상에 윤기가 돌고, 어깨에 짊어진 삶의 무게도 한결 가벼워졌을 것을.

어린아이 앞에서 앞뒤 못 재고 입질을 한 아주머니를 이제 와 탓해 무엇 할까. 어린 딸아이를 살뜰히 살피지 못했던 엄마의 삶에도 이유는 있으리. 그러나 아이가 갖은 떼를 써가며 한창 자기 것을 주장해야 할 나이에 아이다움을 잃고 애어른으로 살았던 일에 대해서만큼은 어쩔 수 없이 슬픈 마음이 든다.

　정작 어른의 나이가 되어서는 어른 노릇을 제대로 할 줄 모르면서, 아이였을 때는 어찌 그리 어른처럼 굴지 못해 안달이었는지. 한껏 아이답지 못했던 인생의 커다란 공백이 정작 어른으로 향해가는 길목을 단단히 가로막은 건 아닌가 한다. 문득 궁금해졌다. 이제와 벽이라도 마주하고 실컷 떼를 쓰고, 그때 울지 못한 울음을 마음껏 울어낸다면 어른다운 어른이 될 수 있는 걸까 하고.

──────

　오늘 아침 딸아이가 양 갈래 머리를 주문했다. 등교 시간도 빠듯한데다, 더욱이 아이는 가마가 두 군데라 모양을 내기가 쉽지 않았다. 그러나 아이는 같은 반 단짝과 꼭 같은 머리를 하고 오기로 약속했다며 도무지 고집을 꺾지 않았다.
　아이의 머리를 매만지며 엄마를 생각했다.

　'우리 엄마는 내 머리에 가마가 몇 개인지, 또 그것이 어디서 시작해 어디로 뻗어가는지 알았을까? 어느 쪽 머리에 숱이 몰려 있는지, 또 어떤 머리모양이 수월하고, 또 수월치 않은지는? 반곱슬은 감고 나서 드라이를 안 해도 손으로 매만지는 대로 모양이 잡히는, 알고 보면 스타일링하기 썩 괜찮은 머리란 걸 아셨더라면 좋았을걸.'

그것은 원망이라기보다는 안타까움에 가까운 심정이었다. 우리가 함께 누렸어야 할, 아이의 머릿결보다 더욱 결이 고운 인생의 기쁨에 대한 회한.

어렵사리 아이의 양 갈래 머리를 완성했다. 제 모습을 거울로 비춰보는 아이 입가에 미소가 번지는가 싶더니, 마침내 두 개의 볼우물이 깊게 팼다. 그 천진한 미소의 가치를 누구보다 잘 알고 있었다. 그것은 그날의 결핍을 보듬듯 다정했다. 여태 아물지 못한 가슴속 생채기를 싸매주는 따스한 미소였다.

그제야 나도 그날의 작은 나에게 미소를 지어 보였다. 여태 어깨를 잔뜩 웅크리고 있는, 착하고 순한 내 안의 단발소녀에게 말이다. 그러고는 한껏 다정한 목소리로 말해주었다.

'예쁜 핀을 꽂지 못한 헝클어진 머리라도, 아이야, 너는 충분히 어여쁘고 기특한걸. 그 아줌마가 잘 몰라서 그랬지 뭐야.'

아이를 매개로 나의 어린 시절을 불쑥 다녀온 날이었다. 꼭꼭 묻어둔 상처가 더는 깊어지지 않을 것이다. 심하게 문드러지거나 덧나는 일도 없을 테다.

제 모습을 거울로 비춰보는
아이 입가에 미소가 번지는가 싶더니,
마침내 두 개의 볼우물이 깊게 팼다.

그 천진한 미소의 가치를
누구보다 잘 알고 있었다.

둥근 해가 떴습니다

04

가정에서 크게 설 자리가 없었던 아이에게 학교는 숨 쉴 공간이 되어 주었다. 국민학교 입학식이 기억에 또렷하다. 그때만 해도 동네마다 아이도 많고, 학교 규모도 제법 컸다. 천 명은 족히 모여들었을 것이다. 식이 치러진 학교 대강당은 그해 입학생과 입학을 축하하러 온 가족들로 크게 북적이고 있었다.

단상 위 선생님 한 분이 구성진 동작과 함께 〈둥근 해가 떴습니다〉라는 동요를 가르쳐주시더니, 이어 무대 자원자를 구했다.

34   아날로그인

"방금 선생님이랑 한 노래랑 율동, 여기 나와서 해볼 사람 있어요?"

장내는 찬물을 끼얹은 듯 고요해지면서 긴장감이 돌았다. 그때 거침없이 손을 들고 "저요!"를 외친 아이가 있었다. 아이는 천여 개 눈동자의 주목을 받으며 당당히 무대로 올랐고, 커다랗고 둥근 해를 온몸으로 표현해가며 씩씩하게 무대를 마쳤다.

"저 애, 소집[2] 막내딸 아니여?"
"기여[3]."
"얌전한 애가 오늘 뭔 일이래."

동네 사람들이 웅성대기 시작했다. 평소 눈에 띄지 않던 아이가 보인 의외의 당찬 행동에 사람들은 자기 눈을 의심했다. 그러나 알고 보면 그것은 전혀 대단한 일이 아니었다. 그간 누구에게도 관심과 주목을 받지 못했던 아이, 그 작은 내면에 응축된 인정에의 욕구가 마침내 기회를 만나 단번에 표출된 것이었을 뿐.

---

2) 우리 집은 앞마당 작은 축사에서 몇 마리 소를 키워 동네에서 '소집'으로 통했다
3) '맞아'의 전라도 사투리

솔로 무대로 화끈하게 신고식을 치른 아이는 학교 울타리 안으로 무사히 입성했다. 칭찬과 인정에 목말랐던 아이는 선생님 눈에 들기 위해 무엇에든 최선을 다했다. 선생님의 질문에는 한껏 키운 목소리로 답을 하는가 하면, 수시로 손을 들어 의사를 표했다.

2학년 때는 교내 '나의 자랑 발표하기' 대회에 나가 고학년 언니 오빠들을 제치고 1등상을 탔다. 제 입으로 자기를 자랑하는 대회에서 최고상이라니. 대체 그것은 얼마나 낯이 두꺼워야 가능한 일이었을까.

나서기를 좋아했던 아이는 선생님 심부름도 곧잘 도맡았다. 교사의 전령이 되어 이 교실, 저 교실을 오가며 그날의 작은 임무를 수행하다 보면 자신이 무척이나 특별해지는 기분이었다. 선생님이 일과 중에 개인 은행 일을 맡겨 교문 밖을 나섰던 날도 더러 있었다.

지금 돌이켜 생각하면 아찔한 일이다. 선생님은 내심 그 일이 맘에 걸렸던지 엄마한테 '이이가 하도 똘똘해서 믿고 보냈다'며 변명 아닌 변명을 하시더라고.

───

학교에 관해서라면 유달리 포근하고 아늑했던 공간에 관한 기억이 짙다. 교실이나 복도 바닥은 전부 나무로 되어 있었다. 쿵 하고 엉덩방아를 찧어도 툭 털고 일어나면 그만. 나무 마루에서 아무리 뛰고 굴러도 크게 다칠 위험일랑 없었다. 쉬는 시간이면 어김없이 교실 뒤 마룻바닥에 모여 친구들과 공기알을 던지며 놀았다. 청소 시간엔 삼삼오오 퍼질러 앉아 '수다꽃'을 피웠다. 바닥에 양초 칠을 하고, 마른걸레질을 하며 쉼 없이 이야기를 이어가자면 아쉽게도 청소시간은 금방 끝이 났다.

계단 난간마저도 윤기 나는 나무 재질이었다. 나는 2층, 혹은 3층 교실을 빠져나올 때면 계단을 밟지 않고 꼭 난간을 탔다. 한쪽 엉덩이를 난간 끝에 척 걸치고, 맞은편 다리를 그 위에 마저 얹어 몸을 '끙차' 하고 한 번 구르면 한달음에 미끄러졌다. 거침없는 낙하가 건네던 그날의 짜릿함과 희열이란! 나무 난간을 십수 번씩 오르내리던 학교에서의 하루는 그저 유쾌했다. 학교는 결핍을 앓던 아이에게 냉담치 않고, 그 넘쳐나는 기운과 서툰 몸짓을 기꺼이 받아주었다. 나무를 닮은 학교가 그렇게 나를 키워냈다.

지평선 아래 숨을 죽이다 막 떠오른 해처럼 아이는 새 세상이 주는 활기 속에서 기를 펴고 자라났다. 무대 위에서 아이가 온몸으로 표현했던 그 둥근 해는 다름 아닌 아이 자신이었다. 삽시간에 칠흑 어둠을 삼킬 아침 해의 기세처럼, 아이의 내면도 뜨거운 무언가로 들끓고 있었다.

학교는 결핍을 앓던 아이에게 냉담치 않고,
그 넘쳐나는 기운과 서툰 몸짓을 기꺼이 받아주었다.
나무를 닮은 학교가 그렇게 나를 키워냈다.

사
라
진
별
명,
서
도
도

05

유년의 시기를 지나 새로 만난 학교는 온통 차가운 시멘트였다. 사시 사철 냉기를 머금은 회색빛깔 교실과 복도는 에누리가 없어 보였다.

넘어지면 무릎이라도 까일까, 걸음걸이에 조심성이 생겼다. 이전처럼 교실 맨바닥에 퍼질러 앉아 친구들과 정담을 나눈다는 건 있을 수 없는 일. 딱딱한 걸상에 각 잡고 몸을 걸치는 것 외에 달리 기댈 곳은 없었다. 거기다 교복치마는 딱 무릎 길이로 재단된 H라인. 막 유년의 시기를 빠져나온 우리에게 학교는 은연 중 절제와 조신을 요구하고 있었다.

입학한 지 얼마 되지 않아 선생님 한 분이 나를 '서도도'라 부르기 시작했다. 수업 시간 내내 허리를 곧추 세우고 앉아 칠판으로부터 눈을 떼지 않는 학생의 모습이 그분의 눈엔 꽤나 인상적이었던 모양이다. '도도하다'는 본래 '거만하다'라는 뜻을 내포한 말이지만, 선생님은 그보다는 '태도가 올곧고 바르다'는 칭찬의 뉘앙스를 담아 나를 불렀던 것 같다.

그러나 나는 그 말이 썩 맘에 들지 않았다. 나는 그저 새 환경이 낯설고 어려웠을 뿐이다. 잘해야 한다는 부담감과 미처 떨쳐내지 못한 긴장감이 표정과 태도에 고스란히 묻어났을 테고. 그런 나로서는 '도도'가 내게 부여하고자 하는 새 정체를 온전히 받아들이기 어려웠다. 그것은 오해고 편견이요, 결박이자 작은 구속이었다.

중학시절은 자신이 바라는 '어떤 누구'라도 될 수 있는 때라고 본다. 누군가의 칭찬 한마디에 기가 살았다가도, 또 다른 이의 핀잔에 쉽게 주눅 들고 마는 나이. 단 한 번의 곡해와 오해만으로도 제대로 어긋날 수 있는 경계의 때인 것이다. 나는 공부 잘하고 선생님 말씀만 잘 듣는 흠 없는 모범생이 되고 싶진 않았다. 공부에 빠지지 않으면서도 놀 줄 아는 아이. 욕심 사납게도 내가 원했던 건 둘 다였다.

유독 규칙이 많았던 중학교 생활은 시멘트 바닥처럼 차고 여유가 없었다. 때때로 일탈의 욕구가 일었던 건 어찌 보면 자연스러운 일이었다. 까진 애들 틈에서는 나도 정해진 틀을 벗어나고만 싶었다. 모범생 친구 곁에 있으면 나 또한 바른 생활로 인정받고 싶어졌다. 그런 내가 일삼았던 일탈이란 게 고작 수업 중에 소설책 보기, 수업 땡땡이치고 매점 가기 정도였던 걸 보면 아무래도 내겐 화끈한 반항아가 될 기질은 부족했던 것 같다. 그저 자기 정체를 확립하느라 양 갈래 길에서 힘겹게 줄타기를 했던 것, 그것이 내가 앓던 '중2병'의 정체이자 이유였다.

다시 돌아와 '서도도' 이야기다. 친구들은 내 별명을 잘 이해 못 했다. 그럴 법도 했다. 별명의 당사자조차 훗날 국어사전을 들추고 나서야 간신히 그 말뜻을 이해할 정도였으니. 함부로 명명해선 안 된다. 어른이라면 여느 존재에 이름을 붙여주고, 또 그 이름을 부르는 데에 큰 책임이 따른다는 걸 알아야 한다. 한창 자기 색깔을 찾느라 골몰한 여중생을 너무 쉽게 규정해버린 이름, '서도도'. 그것은 아무도 모르는 새 슬그머니 사라져버리고 말았다. 무척 다행한 일이 아닐 수 없었다.

하루 중 내가 보인 어떠한 모습 때문에 밤새 신열을 앓았다가도, 하룻밤 자고 나면 전혀 다른 내가 되어 있는 사실에 스스로도 아연했던 날들. 그럼에도 팔색조로 변신할 수 있는 가능을 품었던 그날의 유연성만큼은 절실하다. 오늘의 나는 너무 많은 틀과 잣대 속에서 몸도 마음도 굳어진 채 기계적으로 살고 있진 않은가? 나는 여전히 '내가 꿈꾸는 다른 나'가 될 수 있을까?

성장통은 고통을 수반하지만, 그것의 결국은 노쇠와 죽음이 아닌 한 단계 도약을 이룬 내일이리라. 아무런 고민도, 고통도 없이 너무 쉽게 잠에 빠져드는 매일 밤이 야속하기만 하다.

06

나에게는 오빠가 없다

　　고등학교에서만큼은 '대학입시'가 최우선이었다. 어디든 지방 인문계 고등학교의 상황이야 비슷했을 테지만, '서울대 ○○명 합격'이라는 입시 성과만큼 학교 이름을 드높여줄 확실한 명분은 없었다.

　　학교는 자연히 상위권 학생들에게 기대를 모았고, 모교를 빛낼 싹이 푸릇한 선수를 미리 물색했다. 소수 인원을 선별하여 일찌감치 '특별 관리'에 들어가기 위함이었다.

나도 그중 한 명의 주자가 됐다. 걸출한 실력을 가진 선수들과 어깨를 겨루며 정해진 트랙을 내달려야 할 운명이 되었다. 한 가지 목표에 집중하자면 자기 색깔을 감추는 편이 유리했다. 어차피 다 같은 교복에, 엄격한 두발 규정을 따르는 상황에서 작은 개성조차 발휘할 틈이 없었지만, 외모나 취미에 대해서라면 일절 신경을 껐다. 그저 머리를 하나로 질끈 묶고 동요 없는 생활을 유지하는 것이 생존 전략이라면 전략이었다.

물론 황량한 사막 벌판에서도 꽃들은 피어났다. 아무리 앞날을 들먹이며 오늘의 인고의 필요를 설파해도 젊음의 생기란 그리 쉽게 눌러지는 게 아니었다. 여고생들은 나름의 방식으로 일탈을 즐겼다. 분간이 갈 듯 말 듯 교묘한 색으로 머리칼을 물들인다거나, 교복 치맛단을 은근히 줄여 자신을 드러냈다. 생리적 본능에 보다 충실한 친구들도 있었다. 집에서 양푼기와 고추장, 각종 나물을 챙겨와서는 머리를 맞대고 신나게 밥을 비벼대던, 누가 봐도 맛깨나 아는 이들이었다.

그러나 여고시절의 모든 낙을 들먹여도, 아이돌을 빼놓고 그날을 이야기할 수는 없을 것이다. 당시 우리 반은 H.O.T 파와 젝스키스 파가 갈려 거의 두 동강이 나다시피 했다. 교실 전면에는 학습용 TV 한 대가 비치돼 있었는데, 팬들은 저마다 추앙하는 그룹의 뮤직비디오와 무대 영상을 경쟁적으로 틀어가며 자신들의 오빠를 목 놓아 불렀다. 열과 성이 더해진 떼창의 열기는 대단해서 흡사 여느 콘서트 장을 방불케 했다. 그들의 흥취와 견고한 유대가 내심 부러웠지만 나는 무소속이어야만 했다. '대학에 들어가면'이라는 막연한 이유를 대고 나면 오늘 유보한 즐거움은 그럭저럭 견딜 만한 것이 되었다.

———

20여 년이 흘러 어느 날, 나는 H.O.T 콘서트가 방영되는 TV 화면에 가까이 다가가 앉아 있었다. 그룹 해체로 각자의 길을 가던 H.O.T의 다섯 멤버가 완전체가 되어 돌아왔다.[4] 팬들에겐 실로 역사적인 순간이었다. 꽃다운 10대를 H.O.T와 함께 보낸 수많은 소녀 팬이 전국 각지에서 몰려들었다. 여기저기 객석에서는 플래카드가 힘차게 펄럭이고 있었다. '세기를 건너 찬란한 시간을 함께해온 우리'라는 문구가 또렷이 새겨진 채로.

나이 30을 훌쩍 넘긴, 결혼도 하고 아이도 하나둘 있을 법한 아줌마들이 소녀 때로 돌아가 '오빠'를 열렬히 외쳐대고 있었다. 무대마다 환호를 하고, 팬심으로 하나 된 이들은 여러 감정이 북받치는지 공연 내내 눈물을 쏟았다. 그들에게 아이돌과 함께한 날들은 학창시절의 큰 부분, 어쩌

---

4) 2019년 가을, 서울 고척스카이돔에서 '2019 High-five of Teenagers' 콘서트가 열렸다.

면 전부였고, 지금에 와서는 삶의 확실한 일부가 되어 있었다.

　나에게만은 목 놓아 부를 오빠가 없었다. 인생의 같은 시간대를 지나왔지만 저들에겐 있고, 나에겐 없는 무엇. 그것은 시대정신까진 아니어도 시대정서쯤 될 터였다. 세대의 공감대에서 크게 밀려나 있는 자신을 깨닫는 동시, 소외의 감정이 밀려들었다. 그것은 20여 년 전 교실에서 느꼈던 것보다 훨씬 크고도 강렬한 감정이었다.

　무언가를 이뤄내야 가치 있는 사람이 되는 줄로 알았다. 훌륭한 그 무엇이 되어야만 행복에 도달할 거라 믿던 시절이기도 했다. 미처 알지 못했었다. 즐거이 자기 몫을 다한 삶이라면 대단한 무엇이 되지 않아도, 남이 알아줄 만한 큰일을 성취해내지 않아도 충분히 근사한 삶이란 걸. 눈앞에 놓인 목표에 열중하느라 놓쳐버린 시절의 즐거움을 이제와 애달파한다. 어린 날의 공감대를 두고두고 회자하며, 평생의 이야깃거리로 삼게 될 줄 알았더라면 그날의 즐거움을 그리 가벼이 여기지 않았을 것을.

　이제와 틈만 나면 집안 라디오를 튼다. 애써 흘려버린, 그러나 나도 모르게 귀에 익은 곡조에 두 귀가 열린다. 노랫말과 함께 놓쳐버린 중대한 이야기가 혹 있을까 전전긍긍이다. 그러다 픽 웃음이 터지고야 만다. 한낱 대중가요 앞에서 촉을 세우며 진지하게 구는 모습이 어쩐지 커다란 심경의 변화라도 겪은 사람인 것만 같아서.

　이제라도 목 놓아 부를 오빠가 어디 없을까?

은행나무 곁에 서다

07

' …가을은 가을은 노란색

은행잎을 보세요.

그래 그래 가을은 노란색

아주 예쁜 노란색…'

가을을 노래하던 딸아이가 아이가 대뜸 이런 말을 했다.

"엄마, 소나무만 옷을 안 갈아입었어."

아이의 시선이 머문 곳을 따라가보니, 놀이터 긴 펜스를 따라 몇 그루의 소나무와 은행나무가 번갈아가며 서 있다. 깊어가는 가을, 은행나무 이파리는 노랗게 익어 흐드러지는데, 소나무만은 계절의 변화에 무심한 듯 낯빛에 변화가 없다. 추위에 얼굴이 새파랗게 질려도 몸의 빛깔을 결단코 바꾸지 않겠노라 심한 오기를 부리는 중이다.

소나무를 올려다보는 내내 지난날의 나를 보는 것만 같아 민망한 마음이 들었다. 어쩌면 소나무 같은 삶이었는지 모른다. 고교 시절이야 입시에 골몰하느라 어쩔 수 없이 경직된 삶을 살았다 치지만, 학교 울타리를 벗어나서도 한번 굳어진 삶의 방식을 쉽게 바꿀 수 없었다.

———

2002년 여름은 유난히 뜨거웠다. 온 나라는 평정심을 잃고 광기어린 레드(Red)로 물들어가는 중이었다. 거리마다 붉은 함성, 붉은 물결이 차오르고, 모두가 응원 열기에 넋을 잃는데, 어찌된 일인지 나는 자꾸 숨고만 싶었다. 애국지정(愛國之情)이 없어서가 아니었다. 축구 빅매치를 앞두고는 애도 태웠다.

다만 용기가 나지 않았다. 응원 무리에 끼어 미친 척 미쳐갈 용기가. 나는 군중 속에서 누구보다 크게 고독해할 사람이었고, 그런 자신을 받아낼 자신이 없었다. 마침 기말고사 기간이었다. 그날도 나는 시험을 억지 핑계 삼아 하릴없이 대학 도서관 한구석을 지켰다.

붉은 빛깔로 옷을 맞춰 입은 학우들이 민주광장으로 파도처럼 몰려들었다. 광장의 핵에는 누가 설치했는지 모를 거대한 전광판이 위풍당당 서 있었다. 멀리서도 그 대단한 응원의 열기에 델 듯했다. 우레와 같은 함성이 커다란 파동이 되어 나라는 소심한 이의 정지한 가슴에까지 찾아왔다. 그러더니 무심한 듯 차가운 심장을 사정없이 두들겨댔다. 영락없는 꾸지람의 방망이질이었다. 무언가 크게 잘못됐음을 말해주는 내면의 나무람이기도 했다. '나란 사람은 일찍이 놀아본 적이 없어, 마침내 판이 깔려도 영 놀 줄 모르는 사람이 됐구나.' 내 안에서 벌어진 두 마음의 싸움은 그날 있었던 빅매치 만큼이나 치열했다.

나는 여전히 분위기를 잘 타지 않는 성격이다. 흥이 부족한 탓에 이벤트나 기념일을 챙기는 일이 늘상 어렵고 서툴다. 여행을 앞두고도 여간해선 달뜨지 않는다. 일상의 범속을 깨고 낯선 세계로 발을 내딛는 일이 얼마간 두렵다. 매사가 그렇다. 특별함 없이 반복되는 매일의 일상이 차라리 애틋하다. 잔잔한 신변에 무슨 파장이라도 생길까 싶으면 도망치듯 집안일로 달려가고, 또 책 속에 숨고 만다. 그게 나다.

눈앞 소나무는 틀림없이 내 모습이었다. 다시 오지 않을 젊음의 계절 앞에서 어찌 난 그토록 뻣뻣하게 굴기만 했는지. 끝내 미련이 남고 말 일이라면, 스치는 바람결에라도 철없이 몸을 한번 내맡겨볼 것을.

———

한번 굳어진 성정을 바꾸는 게 어디 쉽나. 누군가의 흥이라도 빌고 싶어졌다. 나는 나의 은행나무, 남편을 곁눈질하기 시작했다. 그는 흥을 타고난 사람이다. 자기 시대의 감성을 간직한 사람. 기분과 분위기에 맞춰 어깨를 들썩일 줄 알고, 목청이 좋지 않아도 노래 한 자락 걸쭉하게 뽑아낼 줄 아는 흥부자.

뒤늦게 내가 나의 은행나무를 벗 삼아 대중음악을 가까이하는 중이다. 고즈넉한 밤이면 가요 오디션 프로그램을 챙겨보는 일이 어느덧 우리 부부의 커다란 낙이 되었다. 가요 오디션은 그 자체로 큰 즐거움이지만, 다양한 노래 장르와 시대 감성을 접할 수 있어 좋다. 노랫말 구구절절 참가자의 사연과 휴먼스토리가 녹아 있어 울다가 웃다가 한다.

흘려버린 노래도 다시 꺼내 듣는다. 내친김에 세대를 거슬러 7080 노래까지. 가수와 노래 배경이 궁금해지면 언제라도 흥부자의 설명을 구한다. 알고 들을수록 절절하게 와닿는 노랫말, 그 곡조 있는 시구를 즐기는 재미에 점점 빠져드는 중이다.

늦깎이로 조금씩 물들어간다. 곁에 선 나무가 떨구는 이파리를 기꺼이 뒤집어쓴다. 언젠간 온몸이 노랗게 물들 날을 꿈꿔본다. 세찬 바람에 은행나무가 어마하게 이파리를 떨구는 날, 푸른 몸이 온통 샛노란 물결로 뒤덮일 발칙한 상상을 한다.

늦깎이로 조금씩 물들어간다.
곁에 선 나무가 떨구는 이파리를 기꺼이 뒤집어쓴다.
언젠간 온몸이 노랗게 물들 날을 꿈꿔본다.

08

몸에 맞지 않는 옷

초임 교사 때의 일이다. 교단에 서는 건 날마다 무대에 오르는 일이나 다름없었다. 문을 열고 교실에 들어서면 수십 개의 눈동자가 일제히 내게로 쏠렸다. 눈들은 머리서부터 발끝까지 교사의 차림새를 재빠르게 훑었다.

"선생님, 오늘 몸매 죽여요."
"쌤은 치마보다 바지가 어울린다니까요?"

"그 귀걸이는 오늘 옷이랑은 영 아니에요."

저희들끼리의 귀엣말이 나에게 들릴 때도 있었다.

"쌤 앞머리 자른 것 좀 봐. 완전 초딩이다, 개초딩."

누구보다 패션 트렌드에 민감한 여고생들은 결코 만만한 상대가 아니었다. 외모와 옷차림에 무디게 살아온 나로서는 하루하루가 곤혹스러운 날들이었다.

새내기 교사는 크지 않은 월급으로 철마다 무대의상을 마련해야 했다. 이러쿵저러쿵 말이 많은 녀석들에게 옷차림으로 책잡히는 일만은 피하고 싶었다. 게다가 복무규정이 자못 엄격한 사립학교였다. 조금 편한 복장을 한 날이면 사람 좋다는 선배 교사 한 분이 은근히 다가와 에둘러 한마디 던지고 갔다.

적당한 값에 구색만 겨우 맞춘 옷이 편할 리 없었다. 정자세로 교단에 설 때는 기분이라도 났지만, 교무실에서 업무를 보거나 보충수업, 야자 감독까지 서야 하는 날엔 말 그대로 옷 몸살이 날 지경이었다. 그런 옷들은 대개 한철 산뜻한 맛에 입고 나면 다음 해엔 어쩐지 손이 잘 안 갔다.

좀 더 제대로 된 값을 치른다면 제 몸처럼 편안한 정장이 얼마든지 있었을 것이다. 그러나 그건 말처럼 쉬운 일이 아니었다. 매달 뭉텅이로 빠져나가는 대학원 학자금 상환금에 부모님 생활비, 결혼을 약속한 이의 취업을 돕는 일까지, 나는 너무 일찍부터 어깨가 무거웠다. 거기다 옷 태만 겨우 살린 어설픈 정장의 무게까지 더해졌으니 삶의 무게가 오죽했겠는가.

———

가만두면 한없이 이어질 평가단의 품평을 가까스로 잘라냈다. 그러나 언제나 그렇듯 어렵사리 빠져들던 수업은 쉽게도 끝이 났다. 수업 시작종에는 한없이 무디면서도 마치는 종소리에는 유난히 촉이 발달한 아이들. 종 치기 직전 스피커의 지글거리는 전자 잡음에 엉덩이가 들썩이더니, 이미 교실 뒷문을 빠져나가고 없었다.

'쿵쿵쿵쿵'

공룡 떼가 이동하듯 굉음이 복도를 울렸다. 대 군단이 향한 곳은 다름 아닌 교내 매점. 세상을 다 알듯 까칠하게 굴던 녀석들이 이렇게도 아이처럼 먹거리에 목을 맬까. 헤아리기 힘든 사춘기 여고생의 맘이라지만,

때로는 예쁜 것과 맛있는 것이 전부인 듯 묘한 존재들이었다.

교사는 거대한 썰물이 빠져나간 텅 빈 교실에 서서 넋을 놓았다. 그러고는 '몸에 잘 맞는 옷이란 뭘까'를 고민하기 시작했다. 좋은 옷이란 오래도록 아껴가며 입을 수 있는, 손이 자주 가는 옷인데…….

어쩌면 처음부터 옷의 고가(估價)가 문제가 아니었는지 모른다. 돌고 돌아 결국 무대에 관한 문제였는지도. 누구에게나 저마다 어울리는 무대가 있을 것이다. 몸과 마음이 위축되지 않고 보다 자유롭게 활개 칠 수 있는 그런 너른 무대가. 무대를 잘 만나기만 한다면 몸에 꼭 맞는 옷이 절로 따라올지 모를 일이다.

나의 교직 첫해는 그렇게 소란스럽게 흘러갔다. 그깟 옷차림 때문에, 내 모습이 어떻게 보일까 전전긍긍하면서. 온전히 무대를 즐기지 못한 난 아무래도 주인공 감은 못되었던 것 같다. 들러리, 혹은 조금 눈에 띄는 조연쯤 되었을까. 그렇다 해서 교단 위에서 서툴게 보낸 날들이 결코 무의미했던 건 아니다. 적어도 '내가 진짜 서야 할 인생의 무대는 어디인가?'라는 꼭 답하고 넘어가야 할 커다란 물음표를 던져주었으니.

작
가
라
는

이
름
의

새

자
아

마침내 꿈에 그리던 첫 책『허기의 쓸모』가 세상에 나왔다. 교단에서 내려와 전업주부로 삶을 이어온 지 꼭 10년 만의 일이었다. 작은 가슴이 뿌듯하다 못해 뻐근했다. 세상의 중심 어딘가에 서서 큰 소리로 외치고픈 심정이었다. 나도 내 이름으로 책 한 권을 내게 됐다고. 주방 한편에서 끝 모를 시간을 보내온 내가 다시 세상과 연결되게 되었노라고.

이 기쁜 소식을 가장 먼저 가족들에게 알렸다. 진심으로 기뻐해줄 지인들에게도. 연을 이어오던 고등학교 은사님들께도 책 출간 소식을 전했다. 휴대폰 메시지 창에 온라인 서점 링크만 걸고 마는 것이 석연찮아 손수 책 한 권씩을 보내드렸다. 전업주부로 살면서 괜스레 위축되어 한동안 연락을 못 드렸는데, 이 한 권의 책이 다시금 연결고리가 되어준 것만 같아 흐뭇했다.

대부분의 은사님들은 자기 일처럼 기뻐하며 크게 축하해주셨다. 그러나 평소 각별한 사이라 여겨온 몇 분은 별 말씀이 없었다. 책 받을 주소지를 묻는 메시지에 돌아온 답은 무미건조한 주소정보와 '고마워.'라는 짧은 한마디. 책 잘 받아 보셨느냐는 물음에는 '응, 잘 받았어. 전주 오면 전화해.'라는 지극히 형식적인 답변.

책에 대한 감상평을 한마디라도 들려준다거나, 그 흔한 SNS에 제자가 낸 책이라며 사진 한 장 올려주실 순 없는지. '내 잘난 제자가 애 키운다고 멀쩡한 교단에서 내려온 것이 내심 속상했는데, 역시나 그놈이 작가가 되어 그 어렵다는 책을 냈다'고 동네방네 자랑은 못 해줄망정, 무심한 듯 건조한 반응에 본의 아니게 큰 상처를 입고 말았다.

다행히 서운한 마음은 크게 오래가지 않았다. 출판으로 인해 고조된 마음과 예민했던 기분이 잦아들면서 은사님들에 대한 마음도 자연스레 풀어졌다. 마냥 어리게만 굴었던 자신의 모습을 보게 된 것이다. 나는 마치 공들인 숙제에 큰 칭찬을 구하는 어린 학생과도 같았다. 나란 작가는 어쩌면 딱 그 수준의 작자였는지 모른다. 아무리 개인적 친분이 있다 한들, 독립되어 세상에 나온 책에 대해서라면 누구라도 객관적인 입장이 될 수밖에 없을 터. 어떤 이는 책 소재에조차 관심이 없을지 모를 일이다.

우리의 인연은 이미 한 단계 더 나아간 것이 아닐까 생각했다. 학교 울타리 안의 사제 관계가 아닌, 작가와 독자라는 새로운 인격의 만남. 네모난 책상을 지키던 여고생이 교실 밖 너른 세상으로 나갔듯, 그들 역시 분명한 취향과 소신을 가진 한 명의 독자로서 힘써 삶을 살아내는 중이 아니던가.

이 일은 내 안에 자리 잡은 새 자아에 눈을 뜨는 계기가 되었다. 추억이라는 프레임에 갇혀 살던 여고생이 그 틀을 부수고 나와 '작가'라는 새 자아상을 마주하게 된 것. 비로소 인정(人情)으로 사람의 인정(認定)을 구하던 좁은 마음을 탈탈 털어버릴 수 있었다. 이것은 고교 은사들과의 관계를 통해 얻게 된, 교과서로 배울 수 없는 크고도 중한 교훈이었다. 그때서야 마음을 짓누르던 짐이 벗겨지면서 큰 자유가 찾아왔다.

세상에 겨우 책 한 권을 들이밀고서는, '독자들의 반응이 어떨까?', '세상이 나를 인정해줄까?' 노심초사했다. 작가 서지현의 가치를 알아봐주지 않는 것은 세상이 아닌 나 자신인지 몰랐다. 무엇보다 지금 필요한 건 두 개의 자아를 구분 짓는 일. 범속한 생활인으로 삶을 이어나가다가 세상에 하고픈 말이 생기면 천연덕스럽게 글쓴이의 페르소나를 입자고 마음먹었다.

아날로그적 삶은 단순한 추억팔이가 아니다. '과거의 나'와 '오늘의 나'가 아름답게 연결되는, 연속성 있는 삶의 이야기다. 사고와 감정이 과거에 매여 오늘의 삶의 기준을 잃어서야 될까. 오히려 풋풋했던 지난날의 이야기가 농익어가고, 그것이 오늘의 나를 더욱 크게 하길 진심으로 바라게 된다.

이제 와 조금 여유가 생긴 듯하다. 머지않아 두 번째 책이 나오면 은사님들께는 여전히 낭랑한 목소리로 출간 소식을 전할 테다. 책에 대한 평가는 순전히 독자의 몫으로 남겨두려 한다. 작가는 작가의 일을, 독자는 독자의 일을 해나가면 될 테니까. 그리고 나는 꿈같이 아름다웠던 나의 여고시절을 추억하며 한동안 그리움에 잠길 것이다.

아날로그적 삶은 단순한 추억팔이가 아니다.
'과거의 나'와 '오늘의 나'가 아름답게 연결되는,
연속성 있는 삶의 이야기다.

사고와 감정이 과거에 매여
오늘의 삶의 기준을 잃어서야 될까.

10

흰
머
리
칼
앞
에
서
서

거울 앞에 서서 흰 머리칼과 한참 드잡이를 했다. 나는 도저히 믿지 못하겠다는 투로 따져 물었다. '과연 네 깜냥이 나라는 게 말이 되느냐. 내 본래 머리칼과 달리 너는 퇴색했고, 결은 뻗치다가 난데없이 곱슬거리고, 굵기마저 가늘다 두꺼워졌다 하는데, 그런 네가 어찌 나란 말이냐?' 나는 어떤 납득할 만한 이유가 아니고서는 내 인생에 예고도 없이 찾아든 이 불청객을 순순히 받아들일 수 없다는 입장이었다.

흰 머리칼은 이에 질세라 부득불 할 말을 했다. '내가 네가 아니라면 대체 누구란 말이냐. 나는 틀림없이 네 일부이며, 겨우 때가 되어 모습을 드러낸 것뿐인데, 그런 나를 이렇게 홀대하기냐?'라며 몹시도 서운한 기색을 표했다. 그러고는 세상 억울하다는 듯 하소연을 이어가는 것이었다. 두 존재의 팽팽한 공방에 나는 두 눈을 질끈 감아버렸다.

한참 후 눈을 떠 거울 속에 비친 이의 모습을 가만 들여다보았다. 40대 초입에 막 들어선 여인의 모습이 익숙한 듯 낯설다. 한 손을 성긴 빗 삼아 머리를 쓸어본다. 흰 머리칼이 제법 눈에 띈다. 검은 머리칼로 슬쩍 덮고 지날 수 없을 만큼 그 수가 부쩍 늘어 있다.

얼마 전만 해도 검은 덤불 새로 하나둘 고개를 삐죽이던 것들이 언제 이렇게 군집해 자라며 세를 확장해온 것인지. 그 기세가 놀라울 따름이었다. 아, 나는 내 머리 위에 허연 서리가 내려앉는 줄도 모르고 그저 땅만 보며 살아왔구나!

나이 들어서의 모습을 진지하게 그려본 적이 없었다. 얼굴 어딘가에 깊은 주름이 패고, 원치 않는 부위에 살점이 늘어가며, 머리가 하얗게 세어버릴, 스스로도 어색해할 노년의 모습을 말이다. 언젠가 나이 드는 현실을 마주해야 한다 할지라도 그것이 당장 시급한 일은 아니었으니까.

나에게 삶이란 언제나 현재진행형이었고, 인생의 당면한 과제들은 매번 절박하게 다가왔다. 그러고도 넘지 못한 산이 많아 갈 길이 한참 멀어 보였다. 눈앞 목표를 향해 여일한 속도로 달려야 한다고 스스로를 다그치곤 했다. 나란 사람은 언제까지나 기운 잃지 않고, 젊고 싱싱한 모습일 거라 단단히 오해하면서.

그 이탈 없는 경로에 흰 머리칼이 불쑥 끼어들어 자꾸 딴지를 걸어왔다. 그는 앞만 향하고 있는 내 시선을 어떻게든 돌리려 애썼다. 어쩌다 내 눈과 마주치기라도 하면 기다렸다는 듯 말을 걸었다.

'물론 네 열심을 모르는 바 아니지만, 지금껏 충분히 잘 달려왔잖아. 이제는 무작정 속도를 내기보다 조금 느긋하게 가는 편이 좋겠어. 힘을 빼고 숨을 크게 골라 봐. 시선을 저만치 멀찍이 두고, 호흡을 길게 내쉬면서 온몸으로 모든 순간을 음미해보라고.'

그 진심 어린 충고 앞에서 나는 그만 마음을 놓아버렸다. 이쯤 되니 그를 나의 당연한 일부로 받아들일밖에 다른 도리가 없었다. 그는 지나온 나인 동시에 남은 날을 함께할 인생의 친절한 동반자가 틀림없었다.

그의 말대로 속도를 조금 줄이는 편이 옳을지도 몰랐다. 찬찬히 내딛는 걸음에 삶의 요령과 지혜를 얼마간 더하면 될 테니까. 가끔은 걸어온 길을 되돌아보고, 크고 작은 실수를 되짚기도 하면서. 아직 머리가 반백에 미치지 않은 걸 보면, 막판 스퍼트를 끌어올릴 시점은 아니겠지. 마지막 남은 힘을 쏟을 그날을 위해 전략적으로 완급을 조절하고, 힘을 남겨두어야지.

참, 미용실 예약을 걸어두었는데. 10년째 드나드는 나의 단골숍 원장님은 이번에도 그냥 넘어가지 않을 것이다.

'더는 안 되겠는데요? 이쯤 되면 아무래도 염색을 하셔야 해요.'

그는 손님 머리에 내려앉은 노화의 분명한 증거물 앞에서 타당한 대안을 제시할 것이다. 마치 그것이 내 몸에서 진행되는 노화를 당장 멈추게 할 어떤 비책이라도 되듯이. 그러면 나는 이렇게 응수할까 보다.

'차라리 반백이 되면 분위기 있어 보일까요? 그냥 두려고요. 그게 바로 지금의 나니까요.'

나이 듦의 과정은 추하지 않다. 지레 겁먹거나 기죽을 일도 아니다. 젊음의 절정을 막 빠져나온 때야말로 삶의 진정한 출발선이다. 명백한 인

생의 유한함 앞에서 얼마간의 긴장과 초조함을 품고 삶을 다시 시작할
준비를 마쳤으니까.

흰 머리칼이 아니었더라면 늙는 줄 모르고 나이들 뻔했다. 그토록 탐
스럽던 꽃잎을 하룻밤 새 떨구고 만 목련이란 얼마나 허망한 생인가. 오
늘도 태연히 거울 앞에 섰다. 얼굴을 한쪽으로 돌리고 반대편 머리칼을
차분히 쓸어본다. 하얗게 센 머리칼이 눈부신 조명 아래 은빛으로 반짝
인다. 나의 남은 날들도 그렇게 찬란하게 빛날 것임을 말해주는 듯하다.

죽음이 삶을 견인하다

11

언제부턴가 많은 불행들을 염두에 두고 살아가고 있다. 생에서 나 자신보다 훨씬 더 소중한 존재를 만나고부터다.

아이의 탄생, 그리고 그가 성장해가는 매 순간 생의 감각이 또렷해지는 걸 느꼈다. 동시에 질병, 사고, 죽음, 그리고 이별과 같은 앞날에 대한 염려가 엄습했다. 그것은 내 품을 떠나서는 살 수 없는, 작고 연약한 존재에 대한 일종의 보호본능이자 책임감이었다.

나를 보고 웃는 아이의 천진한 미소 뒤로 문득문득 이별의 쓰라림을 맛봤다. 아이와의 평화로운 날들 속에서 어렴풋이 죽음의 그늘을 알아채 기도 했다. 우리가 함께 있어 누리는 이 모든 기쁨과 감격이 정해진 시공 속에서 유한한 것이라는 사실이 미치도록 애달팠다. 생의 환희와 절망, 이 불과 물의 상극을 수시로 오가며 나는 어쩔 줄 몰라 허둥댔다.

잠은 죽음의 작은 예행연습이라 했던가? 유독 감각이 예민하고 엄마 에 대한 애착이 큰 아들은 잠들기 전 종종 소매 끝으로 눈물을 훔치곤 했 다. 눈을 감고 잠의 늪에 빠져들고 나면 사랑하는 엄마로부터 떨어져야 한다는 데서 죽음의 감각을 슬쩍 엿본 탓이었을까? 아이는 엄마가 죽을 일이 생각나 겁이 난다고 말했다. '네 엄마가 깊은 병에 든 것도 아니고, 이렇게 멀쩡히 살아 네 곁에 있는데.' 싶어 웃음이 났지만, 실은 그 맘을 영 모르는 바 아니었다.

———

해가 이울 무렵, 놀이터에서 돌아올 아이를 기다리며 밥을 짓는데 나 도 모르게 울음이 왈칵 터졌다. '불 앞에 서서 이렇게 애틋한 마음으로 기 다리는 아이가, 이토록 소중한 내 아이가 갑자기 무슨 사고로 돌아오지 못하게 되면?' 별안간 찾아든 불안에 주체할 수 없는 감정이 되고 말았다. 눈물이 가득 괸 눈으로 아파트 난간 너머 아이가 돌아올 길을 내려다보았다. 어룽진 두 눈에 붉은빛 가을 하늘이 황홀하게 번져갔다. 스러져가는 것의 처절한 아름다움에 나는 잠시 넋을 놓았다. 아, 삶이란 꺼지기 직전 붉게 타는 저녁노을과도 같은 것을······.

그날 밤 가벼운 마음으로 TV 오디션 프로그램을 시청하는데, 겨우 20세 나이의 어린 출연자가 말간 목소리로 담담히 옛 노랫말을 읊조리고 있었다.

'고마웠어요 스쳐간 그 인연들
아름다웠던 추억에 웃으며 인사를 해야지.[5]'

하는 대목에서 나는 다시금 마음을 놓아버리고 말았다. 과연 나는 아이와의 마지막 순간에 의연할 수 있을까? 우리가 함께한 그 모든 추억에 감사하며, 웃는 얼굴로 내 아이에게 손을 흔들어줄 수 있을까? 그날은 얼마나 가슴 시리고도 아픈 날이 될까.

---

5) 최백호의 노래 〈길 위에서〉를 '싱어게인 시즌 2'의 64호 가수 서기가 다시 불렀다.

죽음이 삶을 견인한다. 생의 마지막을 떠올리자면 결국 삶을 돌아보게 된다. 죽음 앞, 한 움큼의 후회라도 덜기 위해 하루치 인생, '오늘'을 살뜰히 살피게 된다.

————

아이가 천국에 대해 물었다. 그곳에서 우리는 어떤 모습으로 만나게 되는지, 여전히 자신이 좋아하는 장난감과 함께 할 수 있는지를 시시콜콜 명랑한 목소리로 따져 물었다. 천국행 앞에서 아이는 한 치의 망설임도 없는, 오직 설렘과 들뜬 마음뿐이었다.

어린아이에게 천국은 가깝다. 마치 긴긴 여름 방학을 맞아 할머니 댁에 머물듯, 어디 경치 좋은 휴양지를 찾아 떠나듯 그렇다. 아이 덕일 게다. 언제부턴가 내게도 천국은 그 자체로 크나큰 위안으로 다가왔다. 우리의 헤어짐이란 세상에서 가장 슬픈, 도저히 피해갈 수 없는 아픔일지라도, '육체의 죽음'이라는 다리를 건너고 나면 우리는 눈물도 고통도 없는 그곳에서 서로를 끌어안게 되리.

천국 소망을 함께 품은 우리의 '오늘'이야말로 천국의 또 다른 이름이 아닐까. 오늘 밤에는 아들 곁에 나란히 누워 도란도란 천국 이야기를 나눌 참이다. 그러다 보면 천로(天路)를 험하고 고된 과정으로만 여기던 내 마음도 어느덧 아이처럼 가뿐해져 있으리.

　시작도 끝도 알 수 없었던 내 삶의 아날로그는 어쩌면 영원을 향하는 중이었나 보다. 삶의 모든 순간은 영원에 맞닿아 있다. '오늘'은 저 높은 곳으로 향하는 어느 길목, 어느 모퉁이다.

죽음이 삶을 견인한다.
생의 마지막을 떠올리자면 결국 삶을 돌아보게 된다.
죽음 앞, 한 움큼의 후회라도 덜기 위해 하루치 인생,
'오늘'을 살뜰히 살피게 된다.

아날로그는 감각이다:

오감이 내게 건넨 즐거움과 깨달음

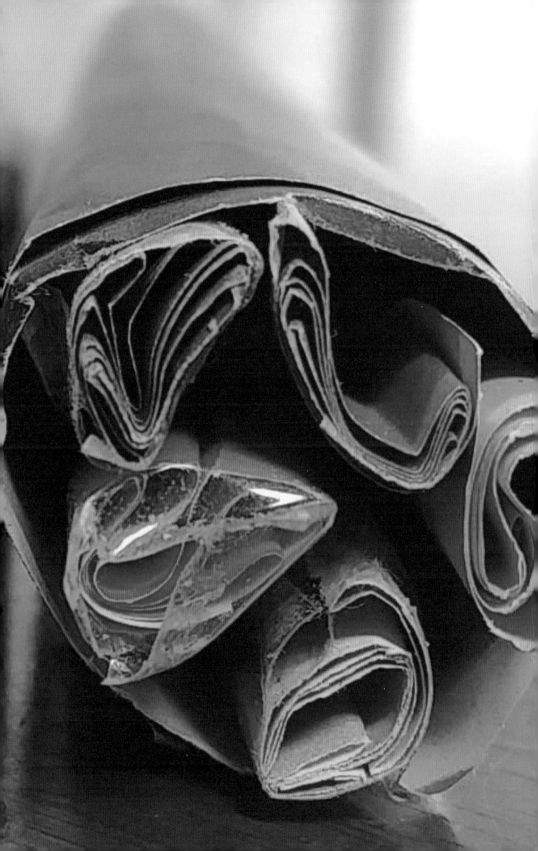

딱따구리를 들었다

딱따구리와 인연을 맺은 건 우리 가족이 관악산 자락에 삶의 둥지를 틀면서부터다.

당시 세 들어 살던 빌라는 서울에서 둘째가라면 서러울 정도로 높은 지대에 위치해 있었다. 건물은 깎아지른 언덕에 자리했고, 집 뒤편으로는 산으로 곧장 통하는 길이 나 있었다. 아이들과는 주로 뒷산에 올라 흙을 밟으며 놀았다. 야산이 집 뒤뜰인 양 수시로 드나들며 사계를 누리는 일상이었다.

그렇다고 해서 산속에 폭 파묻혀 지냈던 것만은 아니다. 아이가 놀이 터를 원하는 날도 있었다. 그런 날은 아침부터 마음의 채비를 단단히 했다. 한 손으로는 네 살 아들의 손을 잡고, 두 살 어린 딸은 품에 안은 채 살얼음판 같은 경사진 길을 내려가야 했기 때문이다.

대지에 아까시 향이 가득한 오월, 완연한 봄기운이 밖으로 나가자고 채근하는 날이었다.

"엄마, 빨리 가자. 긴 미끄럼틀 탈래."

그날따라 아이도 맘이 동했는지 저 먼저 현관에 나가 신발을 주워 신고 있었다.

"어, 근데 좀 기다려줘. 동생 기저귀랑 우리 간식도 좀 챙겨야지."

날도 좋고 한번 집 밖을 나서기가 쉽지 않으니 한나절 공원에서 시간을 보내고 오자는 심산이었다. 그러나 아이가 발을 동동 구르는 통에 마음만은 급했다. 그저 머릿속에 떠오르는 대로, 손에 집히는 대로 필요한 것들을 챙겨 가까스로 집을 빠져나왔다. 두 아이를 대동한 것만으로도 모자라 한 짐 이상의 짐을 지고 겨우 하산 길에 들어섰다.

———

두 무릎을 휘청거리며 어렵사리 당도한 아랫동네 놀이터. 짐을 풀고 겨우 숨을 돌리자면 어김없이 딱따구리가 울었다.

'딱따라라라라라락'

'또르르르르르륵'

뛰놀던 아이가 멈칫했다. 또랑또랑 천지를 울리는 강하고 급한 소리에 크게 전율하면서. 아이는 눈에 보이지 않는 존재의 작은 포효에 겁을 집어먹었다. 그리고서는 엄마 손을 강하게 잡아끌었다. 그 큰 눈망울에 두려움을 가득 품고서.

우리는 그 길로 황급히 발길을 재촉해야 했다. 열두 시를 알리는 괘종의 울림에 신발마저 떨군 채 자리를 뜬 어느 이야기 속 공주처럼, 총성을 뒤로하고 막 피난길에 오른 어느 다급한 이의 심정이 되어. 애초 엄마가 품은 야무진 계획은 뜬금없는 소리 한방에 무산되고 말았다. 그날도 그렇게 딱따구리가 울었다.

언덕을 오르는 일은 한 차원의 난도가 더해진, 그 자체로 고난의 행군이었다. 나는 어디 한 군데 두둑한 살점 한 점 없는 몸으로 두 아이의 무게를 고스란히 짊어졌다. 단순 떼만으로 보기 어려운 아이의 투정도 함께 받아내야 했다. 군에서 그토록 악명 높다는 유격 훈련이라면 이에 비할 바가 될까? 아이들을 이고 지고 살인적인 경사를 오를 때마다 그런 물음표가 떠올랐다.

그 와중에 한낱 새소리에 잔뜩 겁을 집어먹은 아이의 모습에 기가 찼다. 이 고달픈 순간에 웃어야 할지, 울어야 할지 대략 난감했다. 여러모로 알 수 없는 상황이었다. 아이가 잔뜩 겁을 집어먹은 것도, 어서 올라가라고 아이의 등을 떠미는 것도 다름 아닌 딱따구리 소리였다. 아이가 힘들다며 바닥에 주저앉을라치면 딱따구리가 또 한 번 나무를 쏘아댔고, 아이는 다시 느낀 공포에 벌떡 일어나 걸음을 뗐다. 우리는 그렇게 울고 웃기를 반복하며 바득바득 언덕을 기어올랐다. 모든 게 딱따구리 탓이기도, 덕이기도 했다.

딱따구리는 소리로 아는 새다. 까치나 참새처럼 일부러 날아와 제 모습을 보이는 경우란 없고, 다만 제 위치에서 소리로 존재감을 드러낸다. '또로로로로로', 혹은 '타라라라라락' 하는 소리가 들리면 어디 멀지 않은 곳에서 딱따구리가 나무를 쪼고 있다고 짐작할 뿐이다.

딱따구리 소리는 경이롭다. 그 소리는 '난다'라기보다는 '발사된다'는 편이 어울린다. 새가 나무를 쪼는 소리는 마치 단단한 철 방아쇠가 뒤로 힘껏 당겨졌다가 급하게 놓이면서 강한 탄성으로 부르르 떠는 소리 같다. 소리 끝에는 반드시 깊고도 큰 산울림이 인다.

굳이 자신을 드러내지 않고도 제 몫을 다하는 것으로 타인에게 깊은 울림을 주는 인생이 있다. 꼭 딱따구리 같은 인생이다. 제 한 몸 사리지 않고 나무를 쪼아 벌레를 잡고, 구애를 하고, 둥지를 틀고, 또 새끼를 먹이는 당찬 새. 딱따구리는 하루면 무려 2천여 마리의 벌레를 잡아먹는 것으로 숲을 살린다. 그가 나무에 뚫어놓은 구멍들은 다른 새들의 둥지가 된다. 그저 제 삶에 충실하고자 꿋꿋이 나무를 쪼는 행위가 어떤 식으로든 생태계에 이로움이 되고 마는 것이다.

딱따구리가 살려내는 게 비단 숲 생태계뿐일까? 주어진 생을 씩씩하게 살아내는 딱따구리 앞에서 내 작은 삶을 돌아보게 된다. '미물이라도 되는대로 살아가는 법이란 없구나.' 하는 생각에 미치며 겸허해진다. 삶의 길을 잘못 들어섰을 때 발길을 돌이키게 하는 건 어느 권위자의 훈계나 다그침이 아니다. 있어야 할 자리에서 묵묵히 제 몫을 해내는 자연의 작은 존재들이다.

———

꼭대기 집에서 지대가 완만한 곳으로 이사했지만, 관악산 자락을 아주 뜨진 못했다. 첫째는 초등학생이 되면서 동네 친구들과 집 앞 공원에 모여 놀 때가 많다. 하루는 아이들이 공원에 딸린 모래놀이터 한구석에 깊은 구덩이를 팠다. 그리고 공원 근처 산자락에서 나무 기둥과 가지를 그러모으고, 그것들을 얼기설기 엮어 미니 움막을 지었다.

자세히 보니 가장 굵어 축 노릇을 하는 재목에 꼭 단추구멍 크기만 한 구멍이 송송 뚫려 있었다. 아이들은 딱따구리가 쪼아 놓은 흔적이 틀림없을 거라 했다. 녀석들은 구멍을 가만두지 못하고 꽃을 주워 그 틈을 메우며 놀았다. 마치 새로 입주한 집에 못 자국이 있으면 액자나 그림, 그 무엇이라도 걸어야 직성이 풀리는 어른들처럼 말이다. 신비와 경이의 대상이기만 했던 딱따구리가 언제 이렇게 친근한 대상이 되어 우리 곁에 와 있는지 의아했다.

나무로 집을 짓던 아이가 내게 슬며시 다가오더니 나직이 속삭였다.

"엄마, 딱따구리가 울어요."
"무슨? 아무 소리도 안 나는데?"

아이는 제 배를 가리키며 싱긋 웃는다.

"바로 여기서요. 딱따구리가 배가 고프다고 쿄교고고고고 하네요."

아이의 재치에 웃음이 났다. 밥 때가 지난 제 배 속에서 연신 꾸르륵 소리가 나는 모양이었다. 그러면서 하는 말이, 맨발공원에서 맨날 놀다 보니 딱따구리가 배 속에 들어와 살게 됐다고.

우리 아이 배 속에 똬리를 튼 딱따구리는 시도 때도 없이 운다. 밥도, 간식도 어서 내놓으라고 성화를 한다. 먼 데 소리로 아슴푸레 존재를 가늠했던 새가 가까이 와 있다. 이제나저제나 먹성 좋은 딱따구리가 운다. 그것은 여전히 나의 생의 감각을 흔들어 깨우는 소리다. 고단함을 떨구고, 삶을 힘써 살아내라고 재촉하는 성화다.

대가에 상관없이 주어진 삶에 사력을 다하는 존재가 어딘가에 있다는 믿음, 그 믿음이 남은 생을 지탱한다.

굳이 자신을 드러내지 않고도 제 몫을 다하는 것으로
타인에게 깊은 울림을 주는 인생이 있다.
꼭 딱따구리 같은 인생이다.

담
뱃
재
와

커
피

찌
끼

02

고슬고슬 잘 마른 커피 찌끼에서 담뱃재 냄새가 풍겼다. 며칠 전 집에
서 커피를 내리고 얻은 커피 가루를 쟁반에 펼쳐 말려둔 것이다. 시트러
스(citrus) 향이 빠져나간 황갈색 잔재물엔 씁쓸한 탄내만 남았다.

기억 속 냄새의 근원을 따라가며 고운 커피 찌끼를 쓸고, 또 쓸었다.
거기서 아버지를 보았다. 하염없이 생각에 잠겨 담배를 이어 태우는 내
아버지의 뒷모습을.

고3 수험생 시절, 인서울(in서울)을 이뤄 집구석을 탈출하자고 마음먹었다. 집안 공기를 장악한 담배 냄새의 역겨움이 이유의 팔 할이었다. 아버지는 매일같이 주방 환기구 아래 등을 구푸리고 앉아 담배를 태웠다.

환풍구로 미처 빠져나가지 못한 뿌연 연기는 집 안 곳곳을 누벼댔다. 끝내 출구를 찾지 못하고 낙오된 것들은 신성한 여고생의 방 문틈을 버젓이 비집었다. 난데없는 불청객의 침입에 난 속수무책이었다. 그런 아버지가 미웠다.

'딸이 공부 좀 하겠다는데, 도움은 못 줄망정 고약한 담배 연기나 풍기는 부모라니….'

불만에 가득차서 수시로 툴툴댔다. 그러면서도 '담배 좀 나가서 피우시라.'는 말을 입 밖에 내지 못했다.

'니 아빠가 얼마나 스트레스에 시달리는지 새벽에도 잠 못 자고 나와 담배를 태우더라.' 하는 말을 엄마로부터 심심찮게 들어온 터였다.

아버지는 금융권 회사에 근속하며 많은 일로 골머리를 앓고 있었다. 어쩌면 그는 담배 한 개비를 숨구멍 삼아 간신히 삶을 버티는 중인지도 몰랐다.

그러나 슬프게도 우리 부녀 사이에는 한 개비 니코틴조차 양립할 성질의 것이 못됐다. 아버지가 그것의 힘을 빌어 호기롭게 숨을 내쉬자면, 딸은 꼭 그만큼 숨을 틀어막아야 했으니까.

아버지의 한숨이 빨갛게 타고난 자리엔 까만 재가 남았다. 그걸로 끝이 아니었다. 힘없이 떨궈진 담뱃재와 꽁초는 여전히 독한 기운을 뿜어댔다. 재떨이 옆을 스치는 일조차 곤혹스러웠다. 니코틴이란 타도 타도 다 타지 않을 존재였다. 내 아버지의 가슴에도 꺼지지 않는 한숨이, 끝끝내 타지 않을 어떤 독한 기운이 남아 있었던 걸까?

어쩐지 오늘은 그런 아버지를 모른 척 지날 수가 없다. 그의 둥글게 말린 등을 오래도록 바라본다. 나는 왜 이토록 힘없는 아버지로부터 멀리 도망치려고만 했던 걸까. 어찌 난 '무슨 속상한 일이라도 있으시냐?'라고 아버지께 다정한 말 한마디 건네지 못한 무뚝뚝한 딸이기만 했을까.

하릴없이 커피 찌끼를 쓸어본다. 오늘 내 아버지가 담배를 태우신다면 그가 떨군 담뱃재에서는 어떤 냄새가 날까? 오래도록 뵙지 못한 아버지가 몹시 생각나는 밤이다.

내 아버지의 가슴에도
꺼지지 않는 한숨이,
끝끝내 타지 않을 어떤 독한
기운이 남아 있었던 걸까?

03

소리 나는 배드민턴

난데없이 자가격리 통보가 날아들었다. 이보다 완벽한 계절이 있을까 싶은 어느 눈부신 가을날이었다. 우리 가족은 졸지에 한 공간에 갇혀 오도 가도 못하는 신세가 됐다. 이 좁은 집구석에서 아이 둘을 데리고 '시간을 잘 보내는 일'에는 뾰족한 수가 없어 보였다.

아침에 눈을 뜬 남매는 좋아하는 학습 만화 몇 권을 가져다 읽고, 그림 몇 조각을 그려냈다. 지지든, 볶든 시간을 함께 때울 친구라곤 저희 둘뿐인데, 그마저 다툼이 생기면 대안이 없었다. 무료함으로 시들어가는 아이들에게 처방 삼아 TV 시청을 허하기도 했다. 더도 말고 덜도 말고 평소대로 꼭 40분 분량만큼만. 그러나 곧 후회가 밀려왔다. 차라리 틀어주지 말 걸. 짧기에 더욱 달콤한 만화 시청은 강렬한 에스프레소 한잔 뒤 찾아오는 무기력처럼 아이들을 한층 나른하게 만들었으니. 평소 몸 쓰기를 좋아하는 아들은 거의 병이 날 지경이었다.

"배드민턴은 괜찮지 않을까?"

엄마의 제안에 아들은 주섬주섬 두 개의 라켓과 셔틀콕을 챙겨 왔다. 거실 바닥에 폭신한 매트 두 개를 나란히 붙이고 있는 대로 이불을 가져다 사이사이 드러난 바닥 틈을 메웠다. 그러나 7, 8평 남짓 되는 거실 공간을 그라운드 삼자니 경기에 제약이 많았다. 깃털을 달고 날아오른 공은 툭하면 2미터 남짓 높이의 천장을 두드렸고, 벽에 부딪히거나 집안 가구 위로 떨어졌다. 좁은 반경에서 부지런히 공을 쫓던 라켓마저도 수시로 가구를 때리며 맥을 못 추었다.

"휴, 이대론 안 되겠다. 이기는 게임 말고, 오래 주고받기, 콜?"
"콜!"
승패를 가르는 경기란 의미 없는 일. 우리는 경쟁이 아닌, 공동의 목표를 위해 함께 호흡하는 메이트가 되기로 했다. 힘을 합해 어떻해서든 공을 떨어뜨리지 않는 걸 목표로 하면서.

———

팽팽한 긴장감 속에서 두 선수는 라켓을 단단히 거머쥐었다. 마치 은밀한 암호를 주고받듯 서로의 눈을 응시했다. 공은 최대한 직선거리로 보냈다. 공을 후려친다거나 방향을 급하게 바꾸는 건 금물이었다. 한 사람이 짧게 공을 날리면, 상대는 제 품에 날아든 공을 가볍게 받아쳐내는 식이었다. 공을 반듯하게 내보내고, 또 날아드는 공을 틀림없이 받아내기 위해 모든 신경을 끌어모았다. 그렇게 우리는 좁디좁은 공간에서 공을 다루는 요령에 차차 익숙해졌다.

공이 일정한 리듬을 타며 공중을 날았다.

'팅 통 팅 통'

공을 주거니 받거니 하는데 경쾌한 실로폰 소리가 났다. 야외에서 공을 다룰 때는 알아채지 못했던 맑고 청아한 음이었다.

'팅 통 팅 통'

고인 물웅덩이로 물방울이 일정하게 떨어지는 소리 같기도 했다.

"엄마, '도 미 도 미' 소리가 나지 않아요?"

소리에 더욱 적극적인 반응을 보인 건 아들 편이었다. 아들이 콕 집어 '도'라고 표현한, 음가가 상대적으로 떨어지는 소리가 나는 건 내 쪽이었다. 아이의 라켓에서는 한층 높고 명랑한 소리가 났다. 아마도 라켓마다 탄성이 다르기 때문인 것 같았다.

가끔 '땡' 치는 소리도 났다. 라켓 망을 비켜나간 공이 철제 테두리를 때리며 나는 민망한 소리였다. 애초에 공 겨냥과 타격이 잘못됐음을 라켓이 즉시 말해주고 있었다. '땡'을 친 공은 멀리 가지 못하고 가까운 발치에 떨어졌다. 그러고 나면 라켓을 제멋대로 휘두른 자, 가차 없는 '땡' 소리에 그만 머쓱해지곤 마는 것.
  '땡'도 '땡'이지만 '딱' 소리의 사정은 더 기구했다. 급하고 강하게 날아든 공이 간혹 이마나 머리통에 딱밤을 놓는 것. '딱' 소리를 동반한 커다란 타격에 눈물이 핑 돌면서 머리가 '띵' 울렸다. 문자 그대로 '딱한' 소리였다. 그 '딱한' 꼴에 상대가 폭소를 터뜨려도 기분 나빠할 겨를이 없었다. 난데없는 공의 습격에 아찔해지면서 순간적으로 정신을 놓게 되는 탓이었다.

아들은 급기야 파샵(#F) 소리의 정체를 밝혀내고 있었다. 공이 라켓의 테두리와 네트, 그 중간 어디쯤을 건드릴 때면 '땅'도 아니고 '팅, 혹은 통'도 아닌 제법 피치가 높은 소리를 냈는데, 파샵(#F) 음가일 거라 했다. 음감이 없는 나로선 그런가 하고 때마다 귀를 쫑긋 세웠다.

가끔은 공을 제대로 못 받아낸 라켓에서 '툭'하는 둔탁한 소리가 나기도 했다.

"아들, 그러면 이 '툭' 소리는 뭐지?"
"엄마, 그거 몰라요? 피아노 뚜껑을 함부로 닫을 때 나는 소리지."
"허."

———

아무리 안간힘을 써도 공은 경로를 자주 이탈했다. 하얀 깃털을 단 작은 공은 아스팔트 바닥을 튀는 거센 빗발처럼 집안 곳곳을 오가며 통통

거렸다. 천정에 곱게 달린 세라믹 등을 때려 청아한 소리를 내는가 하면, 교구장에 누운 우쿨렐레의 가지런한 현을 퉁겼다. 그런 공의 예측불허 활약 뒤에는 숨은 몸짓이 있었다. 그것은 우리 두 사람이 함께 호흡하며 빚어낸, 서툴지만 조화로운 동작이었다.

도, 미, 땡, 탁, 툭… 공간을 울리는 이 다채로운 음이 몸속 운동 세포를 하나하나 흔들어 깨웠다. 상대의 눈빛과 의중을 초월해, 공이 퉁기며 내는 소리에 주목했다. 어느새 그 소리만으로도 공의 방향과 속도를 가늠할 수 있게 됐다. 감각에의 몰입이 건넨 근사한 선물이 아닐 수 없었다.

우리 둘은 몰입의 유희에 취했다. 자유를 잃었다며 한할 일이 아니었다. 정작 필요한 건 밖으로, 밖으로의 에너지 발산이 아닌 더 깊은 내면으로의 몰입이었다. 내 안의 고요를 차분히 들여다보고, 우리만의 작은 이야기에 귀 기울이는 것. 마치 이 작은 공간에서 곱게 수렴되어 아름다운 선율을 만들어내는 배드민턴 라켓과 셔틀콕의 조화처럼.

땀구멍이 열리고 감각이 열린 끝에 마음이 만개했다. 아날로그는 감각의 유희다.

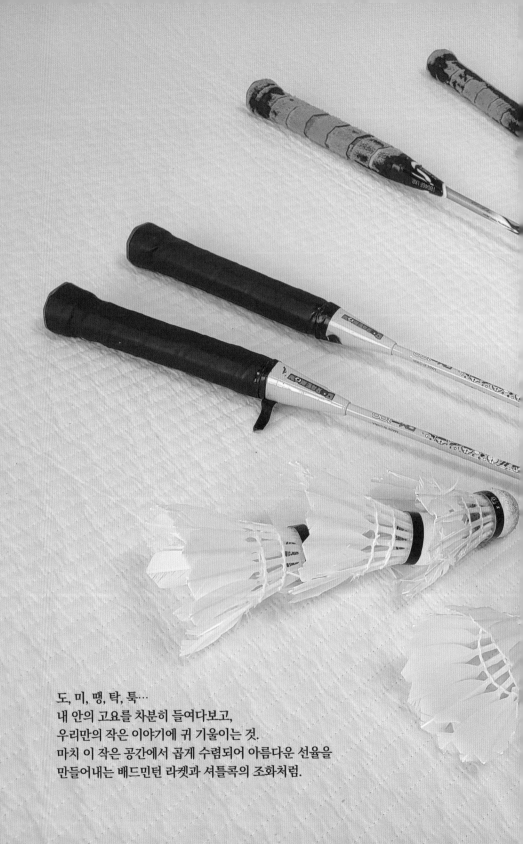

도, 미, 땡, 탁, 툭···
내 안의 고요를 차분히 들여다보고,
우리만의 작은 이야기에 귀 기울이는 것.
마치 이 작은 공간에서 곱게 수렴되어 아름다운 선율을
만들어내는 배드민턴 라켓과 셔틀콕의 조화처럼.

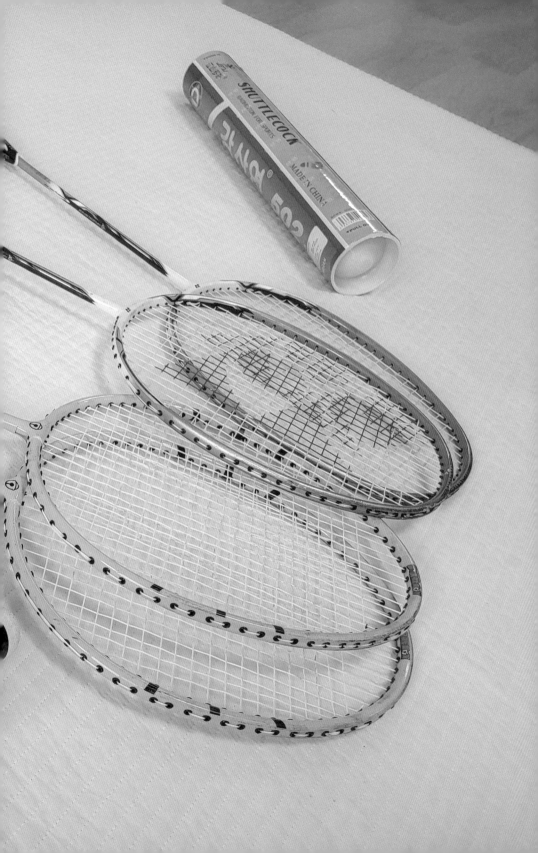

04

냄새 나는 가족

글 쓸 틈을 얻기 위해 집을 빠져나와 단골 카페 창가 자리에 자리를 잡았다. 창 너머로 불어오는 선득한 바람이 얼굴을 스친다. 봄의 문턱이라지만, 아직 날이 덜 풀렸구나. 가방에서 천 하나를 주섬주섬 꺼내 어깨를 둘렀다.

아이가 어릴 적에 쓰던 가재 천 속싸개가 가볍고 포근하다. 목과 어깨 상태가 좋지 않아 겉옷도 부담스러울 때가 많은데, 꼭 내 몸의 깃털인양 편안하다.

일교차가 심한 일기에는 아이 속싸개를 넣어 가지고 다닌다. 얇고 통풍이 잘 돼 어린아이 몸을 감싸기에 사시사철 유용한 천이었다. 아이가 조금 자라서는 인형 포대기로 사용했었다. 무덥고 습한 한여름 밤엔 이불 대용으로 그만이었다. 배위에 살포시 얹어놓으면 아이는 아침까지 잠을 잘 잤다.

익숙한 냄새가 코끝에 편안하게 와 닿는다. 늘 가까이서 맡던 딸아이 체취다.

'엄마, 그렇게 좋은 데 가면서 왜 나 안 데리고 갔어, 응? 나도 엄마 옆에서 그림 그리고 싶은데.'

아이의 볼멘소리가 들린다. 토라져 삐죽이는 주둥이와, 시샘 가득 실은 통통한 볼이 마시다 만 커피 잔 위에 동동 떠 있다.

'그럴 줄 알고 내가 엄마 뒤에 몰래 따라붙었지롱. 몰랐지?'

읽고 쓰는 내내 나는 아이와 함께였다. 아이가 갓난이처럼 바짝 업혀 얼굴을 내 등에 파묻고 있는 것도 같았다.

몸 냄새로 매일 사랑하는 이의 존재를 확인한다. 아이의 몸 내음이 퍽 좋다. 밤마다 한잠에 빠져든 아이들 몸에 코를 파묻는다. 모든 주의 집중을 실은 코를 아들 목덜미와 얼굴 언저리로 가져가본다. 코끝을 가볍게 킁킁대는 것으로 시작해 아이의 체취를 한껏 빨아들인다. 영락없는 군밤 냄새다. 그을기 직전, 노릇하게 잘 구워진 가을 햇밤의 건강한 내음. 그 구수한 몸내에 끌려 오래도록 코를 박는다.

그 곁에 누운 딸아이에게로 슬며시 코끝을 옮겨본다. 잘 익은 복숭아, 어쩌면 살구 향내를 닮은 향이 살결을 뚫고 올라온다. 취중 열기로 후끈 달아오른 두 볼이 사랑스럽다. 봉긋한 볼 위에 코를 얹노라면 찜기에서 잘 익어 나온 찐빵 냄새가 난다. 아이의 여리고 고른 숨이 내 목덜미를 간지럽힌다. 불안과 동요라곤 전혀 없는 평화로운 숨에 마음을 놓는다. 농도 짙은 체취가 그 숨에 한껏 실려 있다. 아이라는 존재는 어쩜 이리도 폐부까지 향기로울 수 있는지, 가식과 위선이 없는 그 순결함에 마음을 빼앗긴다.

남편은 본래 무취의 사람이었다. 뽀얗고 매트한 속살이 뿜어내는 그의 싱그럽고 맑은 기운이 좋았다. 투명한 체취는 그가 앞뒤가 다르지 않을 사람이라는 신뢰마저 주었다. 한없는 미더움을 주는 체취였다.

그런 그도 사회생활 연차가 늘어감에 따라 각종 오염물질로 찌들어가는 모양이었다. 잦은 외식과 야식, 스트레스로 인한 독소가 곱지 않은 냄새를 풍기며 몸 밖으로 빠져나왔다. 그가 사용한 수건과 벗어놓은 옷은 분리 세탁의 대상이 됐다. '남편 옷과 걸레는 하이타이[6]를 풀어 세탁기로 팡팡 돌려 뺀다.'라던 지인의 말에 폭소한 적이 있었는데, 이것이 우리 집 얘기가 될 줄이야. 분비물에 절어 누레진 흰 메리야스를 과탄산소다를 푼 물에 담글 때면 어찌나 울적한 마음이 들던지. 이대로 가다간 얼마 안 가 각방 각인가.

막 머리를 감고 나온 남편은 나에게 지청구를 듣기 일쑤다. 왜 말끔히 샴푸를 헹구지 않느냐는 식의 핀잔이다. 잔류한 세제 향이 역해서기도 하지만, 그 인공 향이 고유한 몸내를 완전히 덮는 게 싫어서다. 여직 난 그의 투명한 체취를 그리워하는 중이다.

체취를 나누는 일은 지극히 내밀한 사랑 행위다. 복숭아 향내로 가득한 딸아이의 몸과 구수한 군밤 내음을 풍기는 아들, 못내 그리운 한 남자의 투명한 체취까지. 그 향을 설명하자면 근사치 값을 빌어 말하는 것이

---

6) 주부들 사이에서 세정력이 강한 것으로 취급되는 전통 세탁세제

아직 최선인 걸 보면, 내가 가진 언어로는 그 고유한 몸내를 온전히 표현할 길이 없어 보인다.

등굣길에 나선 아이들, 출장길에 오른 남편이 생각나면 언제라도 지그시 눈을 감는다. 마음으로 소환한 향은 곧 또렷이 살아나 그리움을 어르고 달래준다. 이것은 우리가 잠시, 혹은 멀리 떨어져 있어도 언제라도 함께할 수 있는 비결이다. 가족의 몸 냄새란 결국 시공을 초월해 서로를 연결해주는 가장 분명하고 끈끈한 유대의 끈이 아닐까 한다.

후각 잃은 날

05

화병에 꽂힌 꽃이 향을 잃었다. 모를 일이었지만, 대수롭지 않게 여겼
다. 늦은 저녁 남편이 치킨을 주문했다. 평소라면 그 치명적 냄새에 홀려
한두 조각 거들었을 텐데, 그날은 큰 유혹이 되지 않았다. 잠든 딸아이의
목덜미에 습관처럼 코를 묻었다. 그런데 아뿔싸! 그토록 향기롭고 달콤
하던 아이의 체취가 사라져 있었다. 익히 알던 향으로 아이의 존재를 확
인할 수 없게 된 그때, 슬픔이 우레처럼 몰려왔다. 그때서야 사태의 심각
성을 깨달았다. 뭔가 크게 잘못되고 있었다.

후각을 잃었다. 코로나(Covid-19)를 앓고 난 후 후각 상실 후유증이 찾아온 것. 나를 둘러싼 모든 것이 단번에 존재감을 잃었다. 아니, 모든 게 그대로인데, 나라는 존재만이 옅어진 것이었다. 박완서 작가는 「마음 붙일 곳」이란 수필에서 '죽어 육신이 사라진 상태의 비참함'에 대해 말한 적이 있다. '사랑하는 이를 알아보고 느낄 수 없다면, 육신 없이 대오각성을 한들 무슨 소용이냐.'라고 했던 글귀가 절로 체득되었다. 몸속을 가만히 빠져나온 영혼이 세상을 부유하는 느낌이었다. 익숙한 향이 증발해버린 세상은 멀고도 낯설었다. 세상으로부터 소외된 감정은 나에게 근원적 슬픔마저 안겨주었다.

울적해진 마음에 마스크를 단단히 끼고 동네 산책에 나섰다. 입과 코를 가린 그 작은 가림막 속, 일정한 들숨과 날숨에조차 나는 없었다. 며칠째 사용해온 마스크가 아니던가. 차라리 역한 입 냄새라도 폴폴 풍겨 나란 존재를 확인할 수만 있다면…….

아파트 후문 길에 들어서자 수 그루의 산유수가 가녀린 꽃망울을 있는 힘을 다해 터뜨리고 있었다. 연노랑 안개로 가득한 봄의 산책길은 아련하고도 신비로웠다. 그러나 그것은 나와는 전혀 상관없는 딴 세상 풍경이었다. 산수유 꽃은 무슨 향기였더라? 어떤 향이라도 있긴 했던가? 해마다 같은 풍경을 대하며, '예쁘다, 예쁘다'만 되뇌었을 뿐, 그 향기를 제대로 기억해둘걸 그랬다. 봄의 향기를 상실한 꽃길에서 한없이 아름다운 것들의 본래 내음을 더듬느라 나는 애가 닳고, 또 닳았다.

산길을 빠져나와 동네 골목골목을 누비기 시작했다. 고민 많은 젊음들이 건물 앞에서 담배를 물고 서 있고, 누군가는 길빵[7]도 서슴지 않는 동네. 그 뿌연 안갯속을 어떤 경계도 없이 태연히 걷고 있었다니! 평소라면 한 개비 니코틴의 횡포에도 신경질적으로 코를 틀어막고 날래게 그 앞을 지났을 내가 아닌가. 후각이란 내 몸을 지키는 일종의 방어기제였던 것을……. 커다란 보호 장구 하나를 잃은 내 몸이 이제 보호받을 길은 뭘까?

감각 하나가 무뎌졌을 뿐인데, 세상 모든 즐거움이 사라졌다. 음식 냄새를 맡지 못하니 불 앞에 설 의욕이 나지 않았다. 손수 커피 한 잔 내릴 의미도 없었다. 미처 깨닫지 못했을 뿐, 후각은 그 자체로 얼마나 대단한 생의 유희인지! 문득 향미 좋은 커피 한 잔이 절실해졌다.

집 떠난 후각이 고맙게도 다시 돌아와준다면 꽃향기 가득한 에티오피아 예가체프 한 잔을 청할 테다. 한동안 우울에 잠겼던 몸과 마음과 일상이 대번에 꽃처럼 화사해질지 모를 일이다.

---

7) 노상을 걸어 다니거나 길 한가운데서 담배를 피우는 행위를 가리키는 은어

그 향기를 제대로 기억해둘걸 그랬다.
봄의 향기를 상실한 꽃길에서 한없이
아름다운 것들의 본래 내음을 더듬느라
나는 애가 닳고, 또 닳았다.

민트가 좋아

06

여아라면 대개 한 번쯤 핑크와 사랑에 빠진다. 딸아이의 핑크 홀릭은 네 살 언저리쯤 시작됐다. 헤어핀에서 옷, 양말, 액세서리에 이르기까지 제 몸을 온통 핑크빛으로 두른 아이는 무엇 하나 부러울 것 없었다.

그랬던 아이가 언제 그랬냐는 듯 핑크에 시큰둥해졌다. 그것은 핑크빛 자체에 대한 반감이라기보다는 특정 색을 여아의 빛깔로 취급하는 사회적 통념에 대한 거부로 보였다. 아이 안에 일종의 자의식이 자라나고 있

114 아날로그인

었던 것이다. 그렇다고 해서 아이에게 색의 선택지가 많아진 건 아니었다. 여전히 여아 옷 매장은 핑크를 제하고 나면 노랑, 빨강, 보라 계열의 몇 안 되는 색상만 취급하는 수준이었으니까. 그중 보라는 핑크를 떠난 아이에게 그럭저럭 괜찮은 대안이 되어주었다.

10만 원씩이나 하는 큰돈을 들여 아이에게 입힐 보라색 원피스를 샀다. 어쩌다 사게 되었다는 편이 옳을 것이다. 구두 한 켤레 해드릴 참으로 아이 할머니를 백화점에 모시고 갔다가 우연히 아동복 코너를 지나게 된 것. 눈앞 가판대에서 하얀 레이스가 목선을 빙 두른, 사랑스러움을 물씬 풍기는 골지 원피스를 보았다. 아이 할머니도, 오빠도 '이 옷 참 예쁘다.'라며 입을 모았고, 딸아이도 딱히 싫지 않은지 고개를 가만 끄덕였다. 비싼 가격이 마음에 쓰였지만, '정 안 되겠다 싶으면 반품하러 오면 되지.' 하는 생각으로 덥석 값을 치르고 말았다.

———

색깔에 관련한 또 하나의 이야기다. 색연필 키트가 한동안 묵어 있었다. 아이가 좋아하는 몇 자루 색상만 닳았을 뿐, 나머지 십여 자루는 몸길이가 도통 줄어들 기미가 없었다. '그림에 흥미를 잃은 걸까?' 워낙 그림 그리기를 좋아하는 아이라 조금 의아했고 서운한 마음마저 들었다. 그러면서도 '어쨌거나 저걸 다 쓰면 새 걸 내줘야지.' 하고 벼르고만 있었다. 나는 색연필을 단순히 생활 물자 취급했다.

그러던 차에 딸아이가 베란다 창고에서 우연히 새 색연필 키트를 발견했다. 색연필을 쭉 훑어보던 아이의 두 눈이 휘둥그레졌다.

"엄마, 이걸 왜 여태 안 꺼내줬는데!"

소리치는 아이의 시선이 어느 한 지점에 정확히 꽂혀 있었다. 민트 빛 깔 색연필이었다. 아이는 그 길로 하얀 도화지 앞에 앉았다. 민트 망사 날 개를 단 천사와 짧은 민트 체크치마를 해 입은 소녀들. 마음속에 오래도 록 품어왔음직한 아름다운 것들이 아이의 손끝에서 술술 뽑아져 나왔다. '이 아이가 품은 세상이 이토록 밝고 화사했던가?' 민트 색연필은 아이가 자신을 맘껏 드러내는 최고의 도구로서 제 값을 톡톡히 치르고 있었다.

제 방에서 학교 갈 준비를 마친 아이가 앞을 스윽 스치고 지나가는데 뭔지 모를 싱그러운 기운이 물큰 풍겼다. 민트 머리띠에 민트 티셔츠. 손 목에는 색종이로 손수 접은 민트 하트 팔찌가 요염하게 둘려 있고, 민트 문양이 새겨진 발목 양말을 야물게 올려 신었다. 하얀 가르마를 중심으 로 민트 머리끈으로 묶은 양 갈래 머리가 곱고 단정하다. 아차! 좀 전에 아이가, '엄마, 오늘은 삐삐 머리로요.' 하며 내밀던 머리끈마저 민트였다 니. 물건의 빛깔이나 맵시를 칭하는 말, 깔. 아이는 제 주변에 흩어져 존 재하는 모든 민트를 끌어다 부지런히 깔을 맞추는 중이었구나. 제 몸을 온통 민트로 채색한 아이는 어찌나 당당하고 향기로운지, 민트 띠가 둘린 머리칼을 가만 쓸기만 해도 청량한 향이 손끝에 묻어날 것만 같다. 민트 티셔츠에 폭 파묻힌 이 작은 아이를 꼭 끌어안고 싶어진다. 상큼하고 화한 향이 당장 온몸에 배어들 테지. 콩콩 가뿐하게 내딛는 걸음 아래로는 싱그러운 허브 싹이 돋아날 것만 같다.

"학교 다녀오겠습니다."

슬쩍 뒤를 돌아보며 인사하는 아이. 입 꼬리가 올라간 표정마저 '민트~.' 하는 것 같다. 그것도 잠시, 아이는 그 부드러운 양 갈래 머리를 살랑거리며 미끄러지듯 현관을 빠져나간다. 풍성하게 잎을 피워 올린 허브가 바람결에 우르르 흔들린다. 화한 기운이 휘감아 돈다. 정신이 혼미하다. 아찔하다.

문득 가슴 한편이 시리다. 여태 난 스스로가 어떤 빛깔의 사람인지 모르고 살아왔다. 취향과 선호를 드러내는 일에 유독 서툰 삶이었다. 자기주장을 펼 줄도 몰랐다. 무채색을 닮은 사고와 태도에 길들여져 남들이 사는 방식에 적당히 묻어 지내왔다.

나는 조금 더 분명해질 순 없는 걸까? 이제라도 내게 어울리는 빛깔을 찾아낼 수 있을까? 나만의 기호와 취향을 알아가고, 내게 어울리는 사람을 찾아 연을 맺으며, 꿈꾸는 삶을 소신껏 꾸려나갈 수 있을까? 하얀 도화지와 태블릿 위에서 과감히 색채를 다루는 여느 예술가의 손놀림을 떠올렸다. 워너비가 어디 먼 데 가 있는 것 같지 않다. 누구보다 소신과 취향이 분명하고, 자기표현에 망설임 없는 꼬마 예술가가 우리 집에 산다.

———

다시 원피스 이야기다. 비싼 값을 치르고 내온 보라 원피스는 여태 잘 있다. 아이 방 옷걸이에 멀쩡하게 걸려 있다는 뜻이다. 언젠간 입겠지 기대하면서 반품의 시기마저 놓쳐버린 탓이다.

아이를 있는 모습 그대로 받아들이고 사랑하는 일은 이처럼 쉽고도 어렵다. 아이의 속내를 더 깊이 들여다보자고, 그의 취향과 관심을 존중하자고, 단정하게 걸린 원피스 앞에서 오늘도 다짐을 둔다. 취향 저격. 아이를 키우는 이라면 한번쯤 기억해야 할 작은 원칙이다. 그리고 어떤 상황에서도 자기 빛깔을 잃지 않는 삶이야말로 모든 원칙 위에 우선한 대원칙이리라.

여태 난 스스로가 어떤 빛깔의 사람인지
모르고 살아왔다.
나는 조금 더 분명해질 순 없는 걸까?
이제라도 내게 어울리는 빛깔을 찾아낼 수 있을까?

맛, 아날로그의 마지막 영토

눈앞 화면에서 한 '프로 먹방러'가 네 접시째 떡볶이를 주문했다. 그녀는 떡을 야물게 오물거리는 동시에 감탄의 눈빛과 엄지 척을 내보이며 맛의 황홀경을 표현했다. 맛의 짜릿함을 온몸으로 발산해가면서. 거기다 세련된 카메라 기법과 생생한 ASMR이 더해져 맛의 세계가 한껏 극대화되고 있었다.

헷갈리기 시작했다. 화면 속 음식이 평소 내가 알고 먹던 음식이 맞는지. 차라리 이미지요, 허상은 아닌지. 혀끝 미뢰에 와 닿지 않는 감각 탓에 갈증만 커져갔다. 잡힐 듯 잡히지 않는 맛의 실체에 안달이 났다. 그 선명한 미식의 세계에 빠져들수록 허망함도 커졌다. 결국 그날의 먹방은 '화면 속 똑같은 음식'을 내 입에 밀어 넣고 나서야 겨우 끝이 났다.

이어령은 그의 저서 『디지로그』에서 '미각과 음식물은 디지털화할 수 없는 마지막 아날로그의 영토'라고 선언한 바 있다. 선생의 말대로 미각 은 그 무엇으로도 대신할 수 없는 고유의 아날로그요, 기계와 디지털이 침범할 수 없는, 오롯한 인간의 전유물이다.

———

주방은 종종 나의 피난처다. 글을 쓸수록 막연한 마음이 들고, 써낸 글 이 무용하게 느껴질 때면 냉큼 주방으로 도망을 친다. 마치 곤란한 일을 당한 어린아이가 엄마의 풍성한 치마폭에 폭 숨어버리듯 그렇게.

찬물에 찬거리를 세차게 흔들어 씻고, 도마를 힘껏 두들기고, 비릿한 밥 내에 한껏 취했다가, 지적지적 찌개 끓는 소리에 귀를 내맡기다 보면 희미 해진 감각이 돌아온다. 멸치 배를 가르고, 누레진 무청 이파리를 떼 내고, 마늘의 알싸한 향이 손끝에 배어들고 나면 뜨겁게 달구어졌던 머리가 차 게 식는다. 너무 많았던 생각들을 내려놓게 된다. 놀이터에서 실컷 놀고

들어온 아이가 기분 좋게 숙제도 하고 공부도 해내듯, 그렇게 한바탕 주방에서 일을 벌이고 나면 '그럼에도 불구하고 계속 써야 하는 이유'를 알게 된다. 고로 내게 있어 주방이란 생의 감각을 일깨우는 마법의 장이다.

　냉장고는 맛의 아날로그가 응축된 작은 우주다. 냉장고 속 말라가는 채소와 함께 마음도 시들어간다. 속절없이 주저앉은 채소를 보면 나도 맥을 못 춘다. 식재료를 제때 처리하지 못한 게으름과 무대책. 그것은 전적으로 내 탓인 것만 같다. 하루 이틀 지나면 영 먹을 수 없는 상태가 돼버릴 것 같아 마음이 조급해진다. 어떤 일도 손에 잡히지 않는 것이 앓는 가족을 뒤로하고 선뜻 집을 나설 수 없는 마음과 같다.

　씻어 넣어둔 시금치가 잊고 지내는 사이 까맣게 짓물러가고 있었다. 어찌할꼬, 발만 동동 구르는데, 언젠가 요리책에서 스쳤던 '그린포타주(greenpotage [8])'의 이미지가 머릿속에 선명하게 떠올랐다. 푸른 잎채소만 있다면 충분히 가능한 요리였다. 냉큼 시금치와 대파 푸른 대를 주방으로 소환했다. 역시 상태가 썩 좋지 않은 양파 반쪽도. 요 전날 만들어둔 바질페스토가 있는데 그것으로 간을 하면 맞춤이겠다.

---

[8] 프랑스 요리에서의 수프의 총칭. 일반적으로는 맑은 수프인 콩소메에 대응하여 농도 짙은, 걸쭉하고 불투명한 수프를 말한다.

대파와 시금치를 쫑쫑 썰어 올리브유를 두른 팬에 설설 볶았다. 가스 불을 최대한 가늘게 조절하고, 그 위에 팬을 올려 냄비 뚜껑을 덮었다. 한 시간이나 지났을까? 뚜껑에는 수많은 물방울이 맺혀 있고, 수북하기만 하던 채소 다발이 숨죽어 한 줌이다. 그새 채소 진액이 빠져나와 팬은 물기로 흥건하다. 분량의 물을 붓고 한소끔 더 끓였다. 핸드믹서로 재료를 갈고, 바질페스토와 소금으로 간을 한 후 치즈가루를 솔솔 뿌렸다. 부피가 크게 줄면서 농도가 진해지는 수프의 정체란 언제나 신비롭다. 식전 음식으로 몇 숟갈 뜬다면 속이 편하고 꽤 든든할 것이다.

미각은 삶에 활기를 불어넣어주는 생의 구원투수다. 다시 생명을 얻은 채소 덕에 나도 살아났다. 이렇듯 가망 없어 보이는 채소를 가까스로 살려냈을 땐 삶에 대한 의지가 돋고, 일종의 생의 보람마저 느낀다. 이걸 보면 인간의 삶이란 생의 기운을 머금은 수많은 것들과 긴밀히 연결돼 있는 게 분명하다.

냉장고 속을 비우고, 또 채워나가는 이 작은 일로 삶의 주인이 된다. 냉장고를 말끔히 비우고 나면 좋아하는 것들로 당장 그 속을 채우고 싶어진다. 그렇게 삶을 이어간다.

미
각
의
덫

08

'먹방'보다는 차라리 '쿡방'이다. 사실 쿡방을 매우 즐기기까지 한다. 주방에 서서 종종대다가 조금 쉬자며 벌이는 일이란 결국 인스타 앱을 열어 요리 브이로그⁹⁾에 빠져드는 일. 그리고 보면 SNS 세상에서 벌어지는 요리 일상이란 현실에서 고달프게 밥 지어먹는 일과는 아예 차원이 다른 이야기 같기도 하다.

---

9) 비디오(video)+블로그(blog). 자신의 일상을 촬영한 영상 콘텐츠.

영상 속 주인공은 환한 조명 아래 화사한 앞치마를 두르고 여유 있게 주방 앞에 선다. 분명한 요리 콘셉트와 딱 맞아떨어지는 식재료들, 군더더기 없는 손놀림과 조리의 매끄러운 진행, 그리고 마침내 하얀 테이블에 놓이게 되는 한 그릇 음식의 빛나는 플레이팅까지.

이 모든 과정에 홀린 듯 빠져들자면 마침내 요리의 욕구가 자극된다. 식재료를 다루는 일이 마냥 즐겁고 수월하게 느껴지는 까닭이다. 당장 두 팔 걷어붙이고 주방으로 달려가 누군가를 위해 칼도마를 두드리고 싶어진다.

기실 '집밥'은 어떤가? 아무리 소박한 음식이라 할지라도 하나도 힘들이지 않는 요리란 게 있을까? 재료를 다듬고, 씻고, 자르고, 나누는 준비 단계와 함께 상을 물린 뒤 만만찮은 음식 처리가 반드시 뒤따르게 마련인데. 온갖 생활감에 절어 있는 것이 나의 한 평 주방의 모습이다. 일단 해먹고 싶은 음식보다는 처리해야 할 식재료를 먼저 염두에 두어야 하는 것이 날마다의 현실이기도 하고.

그럼에도 마음만큼은 한 편의 살림 유튜브, 혹은 브이로그를 찍는 기분으로 주방에 선다. 조금 어둑한 주방 조명등 아래 얼룩이 묻은 앞치마를 두르고, 냉장고 속 형편을 보아가며 구색에 맞춰 요리를 구상하지만, 마음만은 밝고 경쾌하게. 아주 가끔은 조금 들뜬 상태로.

그러고 보면 나란 사람, 꽤 순진한 면이 있다. 집밥의 수고로움에 매번 속으면서도, 탐나도록 정갈한 요리 사진과 글, 혹은 브이로그와 영상을 보며 또다시 '집밥 낚시'에 보기 좋게 걸려들고 만다.

어쩔 수 없는 일이 아니겠는가. 어린아이조차 애초에 '모두 제자리'를 염두에 둔다면 마음껏 놀이판을 벌일 수 없는 법이니까.

꼭 엄지손톱 밑이 트더라

하얀 침대에 곱게 누워 자던 할머니의 마지막 모습을 가끔 떠올린다. 정수리께 머리칼이 다 빠지고 없고, 새우처럼 잔뜩 굽은 애처로운 등허리. 몸은 그녀의 오랜 고된 삶을 말해주고 있었다. 머리에 봇짐을 지는 것으로 아득바득 사 남매를 키워내야 했던 홀어머니의 한평생. 그 녹록지 않은 생이 작고 가녀린 몸뚱이에 고스란히 새겨져 있었다. 그녀의 마지막 몸은 섬뜩하기보다는 애처로웠고, 초라하기보다는 차라리 숭고했다.

생은 비누처럼 닳아 없어지는 걸까? 쇠처럼 녹슬어 못 쓰게 되는 것일까? 그것도 아니면 초처럼 제 몸을 태우고 태우다 마침내 소멸해버리는 걸까? 이것은 생에 대한 나의 오랜 물음이었다. 그리고 마침내 한 여인의 마지막 몸을 마주한 날, 그 물음에 대한 실마리를 얻었다. 사람의 존재란 흔적 없이 사라지는 것이 아니라 하나의 작품으로 완성되어 남는다는 사실을. 굽이굽이 생의 언덕을 지나는 동안 애씀과 노고, 기쁨과 애환의 자취가 저마다의 몸에 양각, 또 음각으로 세밀하게 새겨지며 나름의 걸작이 되어간다는 것을.

———

몸은 나름의 흔적을 품는다. 긴 시간 삶을 대해온 태도가 몸뚱이 곳곳에 새겨지기 때문이다. 그것은 자주 넘긴 책장에 손때가 묻어나고, 나무 도마에 수없이 많은 칼자국이 새겨지며, 많은 이의 발길이 닿은 곳이 길이 되는 것만큼이나 자연스러운 이치다.

내 둔부 양쪽에는 꼭 500원짜리 동전 크기만 한 검고 푸른 멍이 데칼코마니로 새겨져 있다. 멍든 부위는 어느 늙은이의 흉물스러운 그것처럼 슬쩍 꺼져 있기까지 하다. 그것은 학창 시절을 지나 대학원 시절, 연이어 학교에서 가르치는 일을 하는 동안 너무 긴 시간을 걸상에 앉아 지내느라 생긴 결과물이다.

검푸른 멍은 언뜻 일탈 없이 제 자리를 지켜낸 자의 성실함으로 비칠지 모르겠다. 그러나 나는 그 흔적이 부끄럽다. 생의 작은 욕창 같아서다. 꽤나 긴 세월이 켜켜이 몸에 쌓여 새겨진 정체(停滯)의 흔적. 누군가는 온몸으로 땀 흘려가며 세상에 맞설 동안, 오직 책상머리에서 세상을 대했던 자신이 한없이 소극적이고 비겁하게 느껴진다.

검푸른 멍이 새겨진 알몸을 마주할 때면 스스로를 다그쳤다. 이제라도 온몸으로 땀 흘리는 삶을 살아야 하지 않겠느냐고. 머리로만 앞뒤를 재거나 입만 살아 나불대지 말고, 어떻게서든 하체에 힘을 실어보라고. 납작 꺼진 두 엉덩짝에 새 살이 차올라 봉긋해질 그날이 올지 혹 아느냐고 희망을 줘가면서 말이다.

———

교단에서 내려와 살림을 살면서 손을 쓰는 일이 늘었다. 몇 해 전부터는 엄지손톱 바로 아래 살갗이 툭하면 트기 시작했다. 그것은 주방에 물기 마를 새 없는 날이면 반드시 치르게 되는 작은 곤욕이었다. 기온이 떨어지면서 대기가 급작스럽게 건조해지는 날엔 상처도 깊었다.

왜 하필 엄지손톱 밑인 걸까? 생채기를 얻고 나서야 이유를 알게 됐다.

음식을 만든다거나, 집안을 돌볼 때 엄지가 닿지 않는 경우란 없었다. 열 손가락이 고루 일하는 것 같지만, 실상 엄지의 역할이 막중했던 것이다.

손톱 밑이 갈라진 뒤로는 달걀 깨기, 나물 다듬고 무치기, 쌀 씻기, 멸치 배 가르기, 빨래 개키기 등 많은 일이 만만찮은 일이 되었다. 비단 살림만이 아니었다. 옷을 갈아입거나 머리를 감을 때, 노트북이나 휴대폰 자판을 두드릴 때, 피아노 건반을 다룰 때, 심지어 딸아이의 머리를 빗어 넘길 때조차도 내 몸의 가장 약한 지체가 크게 신경 쓰였다. 나도 모르게 나의 상한 엄지를 불쑥 추켜올렸다. '엄지 네가 최고야.' 하며 그를 치켜 세워주고 싶었다.

———

사소해 뵈는 자국이라도 삶에 큰 의미를 새긴다. 새하얀 시트가 깔린 전시대 위에 얌전히 오를 그날을 그려본다. 사랑하는 이들 앞에 놓이게 될 '나'란 작품에 부디 고귀한 흔적이 많이 새겨지기를. 나 자신보다는 타인의 삶을 돌본 흔적이 역력하도록, 머리를 굴리기보다 땀 흘리며 애쓴 흔적이 많도록. 그리하여 볼품없는 몸이라도 부디 아름다운 문양을 한껏 품기를.

자주 나는 인생을 새기는 판화가의 심정이 된다.

III

아날로그는 애착이다:
오래도록 곁에 두고 싶은 것들

01

몽당연필, 한 자루

아이 방 문구 수납함이 각종 필기구와 미술 도구로 빼곡하다. 속이 보이지 않는 튜브형 물감과 크기가 고만고만한 크레파스들, 잉크가 불투명 펜대 안에 든 볼펜과 사인펜처럼 대개가 쓸모의 끝을 알 수 없는 문구들.

집안 곳곳을 나뒹구는 지우개는 손 닿는 대로 모아두기 바쁘다. 과연 이 많은 학용품을 다 쓸 날이 오기나 할까? 아이가 자라남에 따라 그 쓸모도 절로 잊히고 말 테지.

넘쳐나는 문구 앞에서 한 자루의 '몽당연필'을 떠올렸다. 한 자루의 연필을 끝까지 써보는 경험. 그것이야말로 오늘 내 아이에게 꼭 필요한 일일지도 몰랐다. 연필 한 자루쯤이야. 약간의 인내심을 발휘한다면 어렵지 않게 그 쓸모의 끝을 볼 수 있을 터. 쓰는 대로 닳아가는 연필만큼 눈과 손으로 그 소용을 실감하기 좋은 도구가 또 있을까.

아이더러 가장 마음에 드는 연필 한 자루를 고르게 했다. 그러면서 그 연필이 다 닳도록 끝까지 써보자고 했다. 스스로 몽당연필을 경험케 하고 싶었다. 아이는 별것 아닌 엄마의 제안을 흥미롭게 받아들였다.

아이의 작은 손에 들린 연필은 키가 한참이나 컸다. 몹시 무거워 보이기까지 했다. 웅크려 연필을 거머쥔 손은 연필의 몸통 한참 아래에 가 있고, 연필은 무게중심이 안 잡히는지 자꾸만 기우뚱했다.

물론 시작은 놀이와도 같은 것이었다. 성취하면 상을 얻게 되는 작은 미션 수행과도 같은 것. 그러나 아이는 자신이 지목하여 잡은 연필에 마음을 두기 시작했다. 쓰고 그리는 일이 부쩍 늘었다. 연필로 하릴없이 선을 긋고, 모양을 그리고, 엄마, 아빠, 선생님, 심지어 관계가 뜸한 친구에게도 부러 편지를 썼다. 한자를 쓰고 그리는 일에 빠진 것도 연필에 애착을 두기 시작하면서부터였다.

둘은 더없이 친밀한 사이가 되어 갔다. 연필 한 자루가 닳아가는 가운데 아이는 흑심이 풍기는 향을 맡고, 서걱대는 소리를 들으며, 손끝으로 전해오는 도구의 생생한 질감을 느꼈으리라. 연필은 아이 손에서 정직하게 닳았다. 키가 점점 줄어 짜리몽땅해지더니 어느 날은 아이의 작은 손아귀에 쏙 숨어버렸다. 드디어 아이 손에서 몽당연필 한 자루가 탄생한 날이었다.

———

데굴데굴 또르르르 몽당연필이 또 어디로 갔나. 오늘도 아이는 몽당연필과 숨바꼭질이다.

"일단 다른 연필로 쓰지 그래."
"안 돼요. 꼭 그걸로 써야 하는데……."

아이가 울상이다. 좀 전까지만 해도 움켜쥐고 있던 게 어딘가로 단단히 숨어 들어간 모양이었다. 쉽게 제 모습을 드러내지 않는 키 작은 친구 탓에 아이는 애간장이 탄다.

"엄마가 청소하면서 잘 볼게. 치우다 보면 나올 수⋯⋯."라고 말하는데 '아차' 싶었다. 혹시 그건가? 식탁 위를 정리할 때 아이가 펼쳐둔 책을 급히 덮었는데, 그 속에 끼어 들어간 것만 같았다. 책을 무작정 덮어버리면 아이가 후에 애를 먹을까 싶어 곁에 놓인 연필을 북마크 삼아 끼워두었던 것.

"미안해, 엄마가 아까⋯⋯."라고 말하며 책을 확 펼치자, 그토록 찾아헤맨 몽당연필이 또르르 굴러 떨어졌다.

"찾았다! 여기 있었네!"

아이 눈에 눈물이 살짝 고였다 사라진다. 금세 함지박만 한 웃음이 피어난다. 아이는 어렵사리 찾아낸 친구를 제 손아귀에 꼭 품는다. 다시는 헤어지지 않겠다고 다짐이라도 두듯이. 이 키 작은 친구도 아이를 무척 반기는 것만 같다. 두 손을 꼭 맞잡은 친구는 그때부터 떨어질 줄 모른다.

물건과 자극의 홍수 속에서 어쩌면 우리는 마음을 쏟을 단 하나의 대상을 갈구하는지 모른다. 하나의 물건이 제 쓰임을 다하도록 그 곁을 지키는 과정을 통해 우리는 무엇에든 진심을 다하는 법을 배운다. 작은 물건에 애착을 두어본 각별한 경험, 이것이 훗날 네가 맺을 숱한 관계로까지 번져가기를. 한번 맺은 연을 부디 소중히 할 줄 알기를. 차림이 수수한 상대라도 부디 그만이 품은 고유의 멋과 향을 알아챌 수 있기를. 상대의 허물을 마주하더라도 한번 맺은 연을 단박에 끊지 않고, 아름답게 갈무리할 줄 아는 네가 되기를.

몽당연필처럼 작은 내 아이를 한없이 응원하고픈 날이다.

상대의 허물을 마주하더라도 한번 맺은 연을 단박에 끊지 않고,
아름답게 갈무리할 줄 아는 네가 되기를.

몽당연필, 두 자루

02

아이와 기 작은 친구가 두 손을 맞잡고 길을 간다. 잘 마른 낙엽을 사락사락 밟으며 나란히 간다. 두런두런 정담을 나누다 우뚝 멈춰 서더니 소곤소곤 귀엣말을 한다. 무슨 신나는 일이라도 떠올랐는가? 냅다 뜀박질이다.

두 친구가 걷는 길은 폭이 좁아 두 사람만 겨우 지날 수 있는 길이다. 둘만의 비밀을 나직이 속삭이게 되는 오솔길처럼 호젓한 길. 혹 이쪽으로도 저쪽 길로도 뻗어나갈 수 있는 갈래 많은 길일지도 모르겠다. 무엇에도 구애받지 않고 마음 가는 대로 활보할 수 있는, 한없이 평화롭고 안전한 길.

벗과의 다정한 수다에 몰두한 아이. 동그랗게 등을 웅크린 뒤태가 하염없이 사랑스럽고 경건해 뵌다. 아이가 누리고 있는 평화와 고요를 지켜주고 싶어 뒤에서 가만 숨을 죽였다.

한참을 그러고 있자니 덜컥 샘이 났다. 같이 놀자고 넌지시 말을 걸어볼까? 곧 나도 나의 키 작은 친구를 데려왔다. 그러고는 네모 반듯 잘 닦인 길로 나머지 두 친구를 잡아끌었다.

모눈 길 위에서 우리는 뜀을 뛰었다. 한 발 내디뎠다가는 또 한 발 물러서고, 쫓기도 쫓기기도 하면서 종횡무진 길 위를 수놓으며 놀았다. 작은 가슴만은 설렘과 흥분으로 콩닥콩닥, 까르르 까르르르 맑은 웃음이 쉴 새 없이 터져 나오고…….

우리가 뛰놀던 길은 어쩌면 겨울날의 눈밭이었으리. 아무도 지나지 않은 새하얀 가능성의 세상. 서걱서걱 그 길을 밟고 구르며 우리는 명랑한 웃음에 취해 놀았다. 하얀 세상이 품은 최초의 기쁨을 받아 누리며 크고 분명한 발자국을 남겨가면서. 그것은 즐거움의 흔적이 묻어난, 명징하고 까만 발자국, 또 발자국.

어른들은 종종 말한다. 살며 마주하는 하얀 세상은 종종 두려움의 대상이라고. 언제 어느 때고 새하얀 종이 앞에만 서면 머릿속마저 새하얗게 되노라고. 여전히 그것을 마주하면 두려운 마음이 생기노라고.

부디 너는 자라나서도 겁 없이 하얀 종이를 마주할 수 있기를. 때때로 찾아오는 기회와 도전 앞에서 대범히 발걸음을 뗄 수 있기를. 오늘의 다정한 수다와 길 위에서 누린 즐거움을 기억해내며 의연히 그 길을 걸어갈 수 있기를.

새 세상으로 통하는 의외의 길을 발견하는 행운이 있기를. 그 길을 함께 걸어갈 벗을 만난다면 더할 나위 없으리.

새 세상으로 통하는 의외의 길을 발견하는 행운이 있기를.
그 길을 함께 걸어갈 벗을 만난다면 더할 나위 없으리.

꿈과 연필

아이들을 학교로 떠나보내고 주인을 대신해 책상을 꿰차고 앉는다. 문구함에 꽂힌 연필들의 동정을 살펴보고 싶어서다. 연필들이 그새 얼마나 닳았는지, 심이 부러진 연필은 없는지 다정하게 눈길을 보내본다.

대개가 고전적 형태인 육각연필들이다. 키가 훤칠한 연필과 작달막한 것들. 적당히 심이 닳아 뭉툭해진 연필도 있다. 어떤 연유로든 키가 줄어든 연필들이 미덥다. 짧아진 연필의 길이만큼 아이가 자라났을 것만 같아서다. 연필 한 자루를 손에 쥐고 종이 위에 무엇이든 쓰고 그리는 동안 그 마음이 자라고, 생각의 주머니도 넓어졌을 것만 같다.

아이를 키우다 보면 그러한 흐뭇한 기분을 꼭 같이 느낄 때가 있다. 아이의 작아진 옷들을 정리할 때다. 댕강 짧아진 손목과 바짓가랑이, 좁아진 몸통 둘레에서 기척도 없이 자라난 아이를 본다. 더는 입힐 수 없는 옷들을 착착 접어 개키며, 어제보다 자라난 아이를 품에서 한 뼘 놓아준다. 더러 서운하고, 더러 뿌듯한, 묘한 감정이 뒤엉킨 채로.

그런데 둥근 몸통을 가진 것들은 대개가 심이 뽑힌 채로다. 일부러 원통형연필을 사는 일은 없고, 아이들이 학교 앞을 지나다 학습지나 학원 브로슈어의 미끼용으로 끼워진 것을 종종 받아온다. 문제는 멀쩡해 뵈는 것들이 툭하면 매끄러운 책상 위를 구르다 떨어져 심이 부러지고 만다는 것. 선심 쓰듯 아이들 손에 들려준 것들의 확실한 무용함이라니. 일부 어른의 장사치 같은 얕은수에 살짝 화가 난다.

연필을 향한 깊은 애정은 어쩌면 꿈에 대한 마음이 유별난 까닭인지 모르겠다. 연필은 꿈을 그리는 도구다. 하얀 도화지와 빈 노트 앞에서 연필 한 자루를 손에 쥔 아이는 무엇이든 꿈꿀 수 있고, 또 그것을 이룰 수 있는 존재가 된다. 연필은 꿈의 연료이기도 하다. 아무리 태워도 무해하고, 불순물을 남기지 않는 착한 연료. 이 꿈의 연료는 많은 실수를 용납

하는 동시에 무한한 도전을 격려한다. 처음부터 잘하지 못해도 괜찮다. 쓰다 틀리면 지우고, 그리다 석연찮으면 다시 시작하면 될 테니까.

———

연료를 채우는 마음으로 연필을 깎는다. 아이들이 원하는 크기대로 꿈을 꾸고, 그 꿈에 온전히 마음을 쏟길 바라는 마음으로. 무뎌진 연필을 정교하게 다듬는 데에는 연필깎이만 한 도구가 없을 테지만, 수월함만이 능사는 아닐 것이다. 연필을 깎을 때만큼 손의 감각이 생생히 살아나는 일도 없기 때문이다.

아이의 인생에 대해서도 마찬가지 아닐까. 그가 잘되기를 막연히 바라기보다, 아이 곁에 조금 밀착하여 그의 앞날을 응원하고 싶어진다. 아이를 앞지르거나 그의 몫을 내신 치르지 않되, 보이지 않는 곳에서 한껏 그의 삶을 지지하는 것, 그것이 부모의 역할이어야 하지 않을까.

시간 가는 줄 모르고 연필을 깎았던 모양이다. 벽시계를 올려다본다. 아이들이 돌아올 때가 다 되어가는데······.

아이를 앞지르거나 그의 몫을 대신 치르지 않되,
보이지 않는 곳에서 한껏 그의 삶을 지지하는 것,
그것이 부모의 역할이어야 하지 않을까.

나와 연필

인친(인스타 친구)의 소개로 『연필 깎기의 정석』(데이비드 리스 지음, 프로파간다)을 접하게 됐다. 연필 지식과 더불어 연필 깎기에 관한 장인의 노하우가 빼곡하게 담긴 책으로, 책 한 권을 탐독하고 나서는 이전보다 훨씬 해박해진 기분이 들었다. 책이 연필 전문서적에 가까운 이유기도 하지만, 내가 연필에 대해 너무 아는 게 없었던 탓이기도 했다.

깃, 촉, 축(연필대 혹은 몸통). 생전 처음 들어보는 연필의 구성 명칭이었다. 십여 년 간 당연하듯 이 요긴한 도구를 써오면서 어쩜 연필의 명칭조차 제대로 알지 못했던 걸까? 책장을 들춘 지 얼마 되지 않아 나는 얼굴이 붉어지고 말았다.

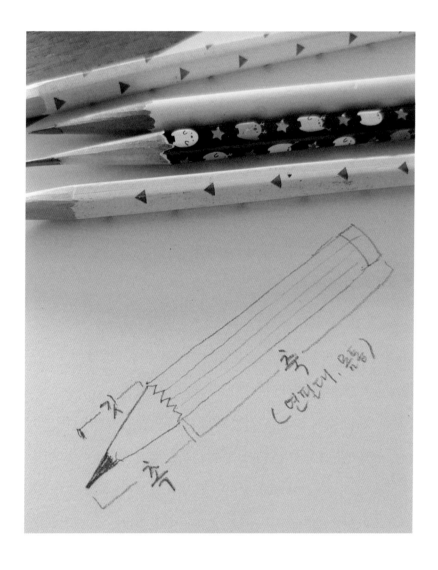

더욱이 연필 깎는 장인 앞에서는 숨을 죽일 수밖에 없었다. 연필 한 자루를 대하는 그의 태도는 진지하다 못해 엄숙했다. 대체 연필 깎는 일 따위가 얼마나 대단한 일이기에, 그는 작업에 앞서 전신을 풀고, 작업의 부산물로 흩어진 연필밥을 모으며, 작업 후엔 검열하듯 철저히 자신을 평가하는 걸까? 가장 하찮아 보이는 일에조차 진심을 다하는 이들이 있기에, 세상이 아직 별 탈 없이 굴러가는 게 아닐까?

장인처럼 투철한 직업의식을 가지고 연필을 대한 적은 없지만, 연필에 대한 애정만큼은 누구보다 각별하다. 오죽하면 연필 깎는 일을 취미로 삼아왔을까. 그랬기에 연필 깎는 장인이 세상에 존재했다는 사실이 반가웠고, 그를 통해 내 식대로의 연필 깎기가 괜찮은 수준인지 점검할 수 있어 좋았다.

오늘은 평소와 달리 장인의 마음가짐으로 네 자루의 연필을 집어 들었다. 왼손으로 느슨하게 연필을 쥐고, 칼을 연필 촉 위에 살짝 얹었다. 왼손 엄지로 칼날을 슬며시 밀자 목재의 상태가 느껴진다.

좋은 연필일수록 목재의 조직이 치밀하고 부드럽다. 재질이 다소 떨어지는 연필이라 해도 힘을 조절하면 연필 깎는 일에 재미와 속도가 붙는다. 슬쩍 밀려나간 칼이 작은 반동을 일으키며 곧 돌아온다. 연필을 품은 손이 몸통을 한 방향으로 은근하게 굴리는 사이, 엄지와 칼과의 '밀당'이

쉼 없이 이어진다.

나무 옷이 얇고 일정하게 깎여나간다. 나무의 하얀 속살이 돌돌돌돌 말리며 부드럽게 떨어져나간다. '사각사각' 잘 익은 사과 깎는 소리가 난다. 곁에 있는 아들더러 '눈을 가만 감고 무슨 소리인지 들어보라.' 했다. 아이는 일초의 망설임 없이, '딱 풀벌레 소리야.'라고 한다. 무슨 말인가 싶어 아이를 따라 눈을 감아 보았다. '스슥스슥 스스스슥' 온 가족이 통영 여행길에 올라 인적 드문 마을 펜션에서 묵던 날 밤, 창밖 깜깜한 풀밭에서 은은하게 들려오던 풀벌레 소리. 그날의 칠흑을 가득 메우던 작은 생명체들의 비밀스런 협연이 바로 이 손끝 아래서 재연되고 있었다.

손과 커터 칼의 합작이 만들어내는 이 뜻밖의 즐거움이란! 눈과 손이 구성지게 장단을 주고받는 중에 여리고도 섬세한 풀벌레 울음이 귀를 간질이고, 향긋한 나무 내음이 폴폴 풍겨 나온다. 손끝 감각을 타고 오는 이 은근한 기쁨이 계속되었으면. 무엇에 비할 수 없는 이 커다란 즐거움을 뒤로한 채 어찌 이 기묘한 도구를 연필깎이에 밀어 넣을 수 있을까나.

목재를 다듬는 이유는 결국 연필심을 알맞게 뽑아내기 위해서다. 심이 너무 길거나 뾰족하면 안정감이 떨어지고, 너무 짧거나 뭉툭해도 쓰는 맛이 떨어진다. 그러므로 연필을 잡는 대상과 작업 용도에 맞게 연필심을 다듬어야 한다. 얼추 구색에 맞게 다듬어진 연필을 바닥에 직각으로 세운다. 그것을 한 방향으로 미세하게 굴려가면서 심지를 위에서 아래로 살살 쪼아준다. 상태가 제각각이었던 연필들이 차차 날렵해진다. 심의 형태가 완성되는 순간, 그것이 바로 즐거움의 정수다.

———

정성스레 깎은 연필 한 자루를 단단히 거머쥐었다. 그것은 온전히 나답다. 자주 막히고 되돌아갈 일이 많은 인생이라는 점에서 더욱 그렇다. 글줄을 끄적거리다 뜬금없는 생각이 떠오르면 종이 한 귀퉁이를 빌려 즐거이 딴짓을 시작한다.

언젠간 이마저도 삶을 아름답게 연소하기 위한 요긴한 연료로 쓰일 거란 나름의 믿음을 가지고서. 설사 큰 쓸모가 없다 하더라도, 꿈의 불쏘시개로라도 사용하면 될 테고.

누군가 이렇게 물어온 적이 있다. 연필을 칼로 깎는 게 여간 번거로운 일이 아닌데, 그저 샤프펜슬을 사용하면 되지 않느냐고. 샤프펜슬을 사용하자는 제안에 대한 『연필깎이의 정석』의 저자 데이비드 리스의 의견을 빌자면 다음과 같다.

'샤프펜슬은 순 엉터리다.'

내 생각이 꼭 그와 같다.

05

20년 된 줄넘기 줄

내 손아귀의 줄넘기는 20년은 족히 더 됐다. 본격적으로 줄을 넘은 것이 고등학교 시절부터였으니, 따져보면 그렇다. 요즘 흔히 보이는 가볍고 부드러운 실리콘 재질의 제품과 달리, 내 줄넘기는 원목 손잡이에 인조가죽 비슷한 줄이 달려 있어 상당한 무게감이 있다.

줄넘기 줄을 여태 잃어버리지 않은 것이 나로서도 신통하다. 정작 평생 곁에 두고 싶었던 나의 오랜 벗, 문방사우는 대학 시절 자취방을 몇 차례 옮겨 다니는 사이 슬며시 사라져버렸는데 말이다.

애지중지 여기는 물건을 잘 간수하는 축도 아니다. 줄넘기 줄은 애초 간직하려는 마음조차 없었다. 그렇게 대수롭지 않은 줄 하나가 20년이 훌쩍 넘도록 내 손아귀를 떠나지 않은 게 의아하다. 마치 제가 나와는 떼려야 뗄 수 없는 사이, 혹은 그 이상으로 제가 내 몸의 분신인 것을 주장하는 듯하다.

———

세월을 견디어낸 줄 하나가 기억 속 한 소녀를 가끔 소환해낸다. 머리채를 하나로 질끈 묶고 독하게 줄을 넘던, 누구의 눈에라도 평범해 뵈는 여고생. 쉬는 시간이나 점심시간 할 것 없이 그녀는 친구들과 틈만 나면 줄을 넘었다. 운동장이든 복도든, 어디라도 개의치 않고 교정을 누벼가면서. 아침에 교실에 들어서자마자 아예 체육복으로 갈아입는 친구도 있었다. 그날 넘어야 할 줄을 염두에 두고 그랬던 것이다.

다른 이유나 목적은 없었다. 오직 실기 만점을 위해 악착같이 줄을 넘었다. 해마다 학년별로 치러진 줄넘기 체육실기 탓이었다. 모아 뛰기는 기본기로 쳤고, 정작 점수화되는 것은 이중 뛰기의 개수였다. 1학년 10개, 2학년 20개, 그리고 3학년은 30개 이상을 넘어야 실기가 만점이었다. 줄을 한 번 돌리는 사이 줄에 걸리지 않고 두 번의 뜀을 뛴다는 건 그 자체로 고난도 기술이었다. 그것도 단 한 번의 기회에 한 개가 아닌 수십 개의 뜀을 성공해야 하는 것. 체육 내신에서 실기 평가가 차지하는 비율을 따지자면, 그것은 결코 소홀히 할 수 없는 일이었다.

어쩌면 공부도 그와 같은 식이었는지 모른다. 명문대학에 들어가야 한다는 일념 외에 인생의 구체적인 꿈을 그리진 못했다. 일단 수험 생활의 목표를 이루고 나면 수순대로 훌륭한 그 무엇이 되는 줄로 알았다. 특출하게 잘하는 과목도, 그렇다고 심하게 뒤처지는 과목도 없었다. 성실이라는 무기 하나가 전부였다. 요령일랑 피울 줄 모르고, 꿋꿋이 자리를 지켜 전 과목에서 적당히 고른 점수를 받아내는, 나는 그런 우직한 학생이었다.

───

어느덧 줄과 함께 20여 년의 세월을 넘어왔다. 그러나 여고생은 그때의 막연한 바람대로 '대단한 그 무엇'은 되지 못했다. 그저 일개 평범한 아줌마가 되어 여전히 갈 바를 알지 못한 채 꾸역꾸역 줄을 넘는다. 살을 빼겠다든지, 어느 부위 근육을 어떤 모양새로 다지겠다는 다부진 계획도 없다.

다만 예나 지금이나 앞날에 대한 막연한 기대만은 여전하다. '그 무엇'

을 향한 일념 말이다. 아줌마는 오늘도 줄을 넘으며 속으로 궁싯거린다. '시답잖아도 좋으니 이제라도, 의미 있는 어떤 삶이라도 살아내야 하지 않겠는가.' 그리고 매일 줄을 넘을 때마다 그 바람은 조금씩 더 간절해진다.

언제부턴가 줄넘기 줄이 삐걱대기 시작했다. 손잡이와 줄의 이음매가 녹슬어 베어링이 약화된 상태다. 주위에서는 '요즘 이런 줄넘기는 찾아보기도 힘들다.'라며 신기하게 바라본다. 그러나 '어딜 가면 이런 줄넘기를 살 수 있느냐?'고 물어오는 사람은 없다. 아무래도 속으로는 고물 취급들을 하는 모양이다.

그러면 나는 나대로 속으로 이렇게 대꾸한다. '이거 고물 아니고 빈티지예요. 좀 삐걱대긴 해도 제법 쓸모가 있어요. 어딜 가도 살 수 없을걸요. 아무나가 가질 수 있는 물건이 아니거든요. 이거 이래 봬도 세월을 넘어온 줄넘기란 말이에요. 상당한 세월의 무게를 견뎌야만 손에 넣을 수 있는 거라니까요.'

20년이 더 된 줄넘기만 빈티지가 아니다. 삶도 빈티지다. 이 오래된 줄을 넘는 아줌마의 오늘이 오래전 자기 삶에 온 힘을 쏟던 한 소녀의 꿈에 맞닿아 있다. 기억 속에서 빛바랜 듯 희미해진 그날이 오늘을 만나 안녕하냐고 안부를 묻는다.

20년 된 줄넘기를 바라보며 문득 '친구'라는 존재를 떠올렸다. 말이 잘 통하는 친구, 취향이 맞는 친구, 어려울 때 도움이 되는 친구도 소중하지만, 세월을 함께해온 친구만 할까. 나는 하세월을 함께 건너온 오랜 친구의 두 손을 맞잡는다. 그러고는 묵묵히 또 하루를 넘는다.

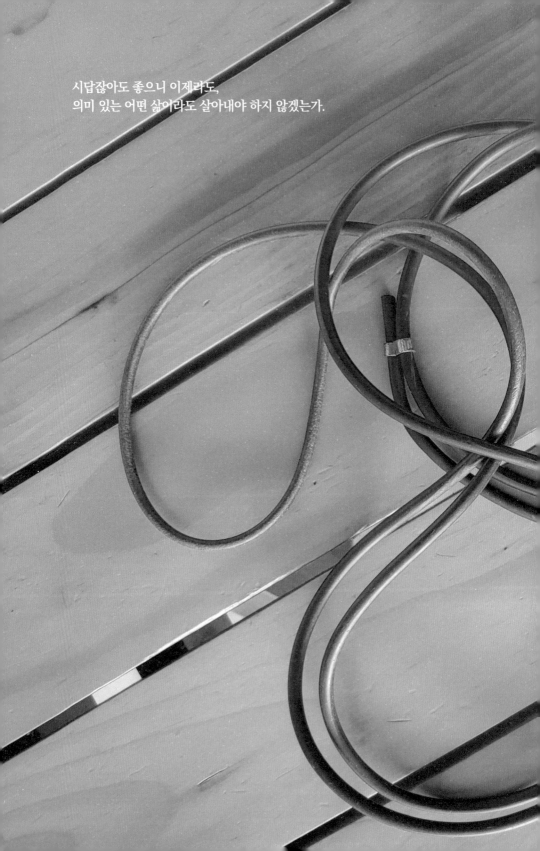

시답잖아도 좋으니 이제라도,
의미 있는 어떤 삶이라도 살아내야 하지 않겠는가.

나의 반려서적, 한국문학전집

06

미니멀 라이프에 한창 열을 올리던 때, 남편이 이런 말을 했다.

"진짜 미니멀을 맛보려면 저걸 들어내야 해."

그가 말하는 '저것'이란 다름 아닌 우리 집 거실 한 면을 가득 메우고 있는, 삼성당에서 펴낸 33권 한국문학전집이었다. 내가 중학교 때부터 소장해온 책들로 이날까지 쭉 간직해오고 있다. 이렇다 할 꾸밈이 없는 회갈색 하드커버에, 자로 재단된 듯 똑같은 크기와 모양을 가진 책들. 책을 펼쳐보아도 같은 서체에 판형, 같은 구성뿐. 남의 눈엔 따분해 보일 법도 하다.

"안 돼. 이건 당신의 '열혈강호' 시리즈만큼이나 내게는 중한 책이야."

정말로 그것은 내게 특별한 의미가 있는 물건이었다. 중학교 시절, 엄마는 동네에서 닥치는 대로 소일거리를 했다. 꿀공장, 과자공장, 미싱(방직)공장……, 불러주는 곳이라면 어디라도 달려가 벌이를 했다. 한 달 급여는 고작해야 30만 원. 엄마는 그렇게라도 버는 돈이 살림에 윤활유 역할을 한다고 말하곤 했다.

엄마는 남편의 일정한 월급으로 빠듯하게 살림을 살면서, 시시콜콜 돈 들어가는 일을 말하기가 쉽지 않았을 것이다. 그런 시기에 적은 돈이나마 자신이 번 돈을 가용하니 살림이 훨씬 부드러워질밖에. 가끔은 동네 그릇 가게에 가서 수입용품– 예쁘긴 하지만 반드시 필요치는 않은 물건– 을 사는 사치도 부릴 수 있으니, 엄마에게 소일거리란 그 자체로 의미가 컸다.

한국문학전집(삼성당)은 그때 엄마가 벌이를 해서 사준 것이다. 정확히 기억한다. 33권으로 구성된 전집의 가격이 30만 원. 딱 한 달치 엄마 급여였다. 차마 일시불로 지불할 수가 없어 30만 원을 열 달로 쪼개어 한 번에 3만 원을 냈다. 3만 원씩 꼬박 열 번을 지불해 책을 좋아하는 딸에게 안겨준 문학전집. 그래서 지금도 그것의 가치를 헤아리기 힘들다.

————

사실 몇 차례 전집 처분의 위기가 있었다. 부산 소재 한 중등학교에서 영어교사로 일하며 지낼 때였다. 당시 친하게 지내던 국어과 교사 한 분과 구경삼아 보수동 헌책방 거리를 돌았다. 가게마다 멀쩡해 뵈는 각종 문학전집이 매물로 쏟아져 나와 있었다.

"저도 저런 문학전집이 있어요. 영어 교사가 된 후로는 거의 읽을 일이 없지만요."
"오, 그래요? 저한테 파실래요? 여기 시세를 보아하니 한 질에 한 6만 원 하나 보네요."

솔직히 초임인 데다 대부분의 수업을 영어로 진행해야 해서 영어로 읽고 쓰기만도 빠듯한 때였다. 언제 다시 펼쳐볼지 모를 먼지 앉은 책들,

그것을 꼭 필요로 하는 동료에게 헐값에라도 넘길까 고민을 했다.

"제가 조금만 더 생각해보구요."

그렇게 말하고는 결정을 유보했다. 이유는 하나였다. 전집 처분의 유혹이 강렬하던 차, 딱 엄마 생각이 났던 것이다. 엄마가 어떻게 사준 책인데…….

그보다 더 큰 위기는 결혼 후 이사였다. 사실 책이란 게 평상시에는 크게 존재감이 없다가도, 이사 때만 되면 커다란 짐짝이 되고 만다. 부피에 비해 무게가 상당한 탓에 늘 처분 대상 1호로 지목되곤 하는 것이다. 다행히 전집은 몇 차례 집을 옮기는 과정에서도 가까스로 위기를 모면했다.

두 아이를 낳았고, 얼마 지나지 않아 나는 교단을 떠나게 됐다. 현실적으로 육아 문제가 한몫했지만, 그보다 더 큰 이유는 우리글에 대한 향수를 어찌할 수 없어서였다. 문학전집은 내 안에 묻어둔 모국어에 대한 욕구와 열정을 한껏 부추겼다. 십수 년 만에 소설 한 권을 다시 뽑아든 날, 긴 여행 끝 본래 있던 곳으로 돌아온 느낌이 들었다. 나는 정신없이 책장을 들추며 삶의 여독을 풀어댔다. 어느 날은 짧은 소설, 또 어떤 날은 길디 긴 소설에 빠져들며 그렇게….

———

한 권만 해도 무게가 꽤 나가는 책을 꼬박꼬박 가방에 넣어 다니며 소설 읽는 재미에 푹 빠져 지냈던 학창시절. 수업 시간이고 언제고 할 것 없이 소설만 본다고 선생님께 혼나기도 많이 했었다. 어쨌거나 인생에서 한번쯤 문학소녀 노릇을 하게 해준 고마운 책들. 하마터면 진정 꿈꾸던 삶을 폐기할 뻔 했는데, 끝내 꿈의 징검다리 역할을 해준 소중한 존재.

그것들은 이미 나의 반려서적이다. 집안 살림을 미니멀로 해나가는 데에는 영 도움이 안 될지 몰라도, 이어나갈 내 삶과 꿈을 분명 벌크 업(bulk-up) 해줄 동반자. 둘도 없는 나의 길동무.

07

신발주머니 두고 간 날

등·하원 길, 녀석은 좀처럼 걷지를 않는다. 대신 양팔을 크게 벌려 꽃게처럼 촐싹인다. 그러다 찰나를 틈타 몸을 세차게 한 번 흔들어댄다. 아이는 좌로 한 번, 우로 한 번 힐끔거린다. 불현듯 누구 쳐다보는 사람은 없는지 걱정이 되는 모양이다. 그러다 언제 그랬냐는 듯 태연자약이다.

곧 전력질주다. 저만치 앞서 달려 나가다가는 얼마 안 가 우뚝 선다. 뒤로 돌아 엄마가 있는 곳으로 달려왔다가는 다시 뛰쳐나가기를 몇 차례나 반복한다. 직선으로 걷는 나와 달리 녀석의 노선은 늘어진 스프링 형태다. 점잖게 표현해서 그렇단 말이지, 정신없이 똥파리가 나는 꼴이다.

앞을 향해 뜀을 뛸 때도 있다. 한 발은 언제나 도움닫기 태세다. 발바닥이 땅에 닿기 무섭게 녀석의 몸이 붕 떠오른다. 가슴께로 한껏 끌어올려진 발이 힘찬 역공을 펼친다.

흡사 맹렬한 햇살이 길바닥에 튀며, '앗 뜨거, 앗 뜨거!' 하는 꼴이다. 인간 불도저라도 되는가. 녀석은 그렇게 온몸으로 길바닥을 밀며 제 길을 간다.

"엄마 손 잡고 갈래."

아들이 슬며시 손을 내밀자면 대략 난감하다. 틀림없이 내 손을 지지대 삼아 몸을 구르려는 의도다. 녀석에게 손을 내주면 그 몸동작의 울림이 고스란히 내 몸에 전해 와 땅 멀미가 나고 만다. 그것은 보통 버거운 일이 아니다. 짜증이 밀려오기 십상이다. 사내아이의 손을 잡고 길을 걷는 일이 이토록 고된 일일 줄을 어찌 알았겠나.

"그렇게 몸부림치면서 갈 거면, 엄마 손 놓고 가."

내가 싫은 내색을 하면 아이는 머쓱해하며 슬며시 손을 푼다. 한두 발

앞서 걷던 아이의 시선이 자연스레 제 손에 들린 신발주머니에게로 향한다. 여기부터 이야기는 아이가 늘 들고 다니는 실내화주머니로 옮겨간다. 그것의 처지에 관한 조금은 슬프고 기구한, 어쩌면 눈물 없이는 들을 수 없는 이야기일지도.

녀석이 한 손으로 신발주머니를 가만 치켜든다. 그러고는 그것을 오른발로 한 번 '뻥', 왼발로 또 한 번 '뻥' 찬다. 발에 차여 저만치 앞으로 물러나간 신발주머니는 반작용으로 꼭 그만큼 되돌아온다. 몇 차례나 포물선을 그리던 신발주머니는 제자리를 찾기 무섭게 또다시 힘껏 걷어차인다. 녀석이 리듬을 타기 시작했다. '얼씨구나' 흥에 겨워서는 '뻥 뻥', 양발을 번갈아가며 수중의 목표물을 가차 없이 공격해댄다.

어떤 날은 신발주머니가 땅바닥에 패대기를 당한다. 무슨 감정이라도 있는 양 인정사정이 없다. 도대체 왜 그러느냐 물으면, "이게 자꾸 무릎에 닿아서 걸리적거리잖아요. 도무지 걸을 수가 있어야 말이지." 한다. 애꿎은 이유로 애먼 신발주머니만 몰매를 맞는 식이다.

대체 왜일까. 주체할 수 없어서다. 작은 사내의 몸속에서 들끓는 생명, 뿜어져 나오지 않고서는 배길 수 없는 힘 탓이다. 그것을 본인도 어찌할 도리가 없어 애꿎게 신발주머니에게 치대어 보는가 보다.

아이에게 명품 동화전집을 힘닿는 대로 사주지 못하는 것이 부끄럽지 않다. 중고거래와 물려받은 옷가지로 아이를 키우는 일도 개의치 않는다. 다만 기운이 달려 아이의 약동하는 기운을 넉넉히 받아주지 못하는 일이 때때로 미안하다. 나는 내 아이 손에 들린 저 신발주머니만도 못한 어미가 아닌가 싶어 울적해진다. 그럴 땐 마음을 가다듬는다. '아들의 일거수일투족을 이해할 수 없다.'라며 싸늘한 태도로 일축하지 말자고. 아이가 뿜어내는 생명의 기운을 짓누르는 우만은 범치 말자고.

아이란 멀쩡한 손과 발을 다소곳이 모으고 있을 수 없는 존재다. 뭐라도 주무르지 않고는, 그 무엇에라도 발길질을 해대지 않고는 도저히 견디지 못하는 왕성한 생명이다. 마음속 의지와 육체의 거리가 멀어 슬픈 어미. 그를 대신해줄 대상이 늘 절실하다. 그런 의미에서 신발주머니에 많은 빚을 진 셈이다. 그것은 펀칭 백(punching bag)이 되어 주인의 들끓는 기운을 받아주고, 수많은 내쳐짐 속에서도 한결같이 아이 곁을 지키는 신실한 길동무 노릇을 해주었다.

오늘 아이가 신발주머니를 두고 나갔다. 정말로 괜찮은 걸까? 내딛는 걸음걸음이 허전하지는 않을지, 주체 못할 기운을 어이 할꼬 하다가 어디 후미진 곳에라도 가 막춤이라도 추어대고 있지나 않을지 걱정이다. 이 못난 어미는 아들이 두고 간 새삼 효능 있는 물건을 멀뚱히 바라보고 앉아 있다. 그러면서 '아이의 등원 길에는 신발주머니를 꼭 그 손에 들려주자.'라는 다짐만 두고, 또 둔다.

세상에 하고많은 애착 중 가장 끈끈하고 질긴 애착이 뭘까 곰곰 생각해보니, 매개물을 두어서라도 곁을 지키고픈, 아이를 향한 부모의 애착이 아닐까 싶다.

오늘 아이가 신발주머니를 두고 나갔다. 정말로 괜찮은 걸까?
내딛는 걸음걸음이 허전하지는 않을지, 주체 못한 기운을 어이 할꼬 하다가
어디 후미진 곳에라도 가 막춤이라도 추어대고 있지나 않을지 걱정이다.

08

인형이 울다가 웃었다

딸아이에게는 제 품 안의 인형이 끔찍하다. 인형의 머리를 이 모양, 저 모양으로 매만지는 것은 물론, '언니가….'라는 말로 운을 떼가며 마치 그가 살아 있기라도 하듯 다정하게 말을 건넨다.

인형이 크게 잘못할 일도 없을 것 같은데, '어이구, 언니가 이렇게 하면 안 된다 했지.' 하며 면박을 줄 때는 정말로 웃음이 난다. 종일 인형과 말 동무로 지내는 것도 모자라, 잠자리에서는 곱게 팔베개를 내어준다.

평소대로 엄마와 장난도 치고 간지럼을 태우며 잠자리 의식을 치르던 아이가 별안간 벽을 향해 돌아누웠다. 수긋해진 아이가 한동안 미동이 없었다. 그러기를 한참, 가녀린 두 어깨가 가볍게 들썩이더니 흐느끼기 시작했다.

"○○야, 갑자기 왜 그래? 무슨 일 있어?"
"……."

아이는 대답은 못 한 채 연신 코를 훌쩍였다. 걱정을 한 가득 품은 엄마의 추궁에 딸아이가 가까스로 입을 열었다.

"쥬쥬가 생각 나. 보고 싶어."

'쥬쥬'란 다름 아닌 다이소에서 데려온 값싼 플라스틱 인형이었다. 한쪽 다리가 자꾸 빠지는 것을 매번 본드로 고정시켜도 신통치 않았었다. 테이프로 인형의 골반 전체를 둘러도 봤지만, 도리어 테이프가 녹아내려 끈적이는 게 영 못쓰겠다 싶었다.

"○○야, 다른 인형도 많으니까 이제 이 인형은 그만 갖고 놀까? 저기 시소 뒤에 쓰레기통 있는데."

"응, 그럴래."

아이는 선선히 엄마의 제안을 받아들였고, 제 손으로 인형을 놀이터 쓰레기통에 던져 넣었다. 그것이 아이가 잠자리에서 울음을 토하던 날, 낮에 있었던 일의 전부였다.

아이 입에서 '쥬쥬'라는 말이 빠져나왔을 때 나는 '아차' 싶었다. 그길로 용수철 같이 튀어 일어나 기다란 집게 하나만 급히 챙겨 들고는 낮에 놀던 놀이터로 향했다. 가로등 불빛도 신통찮은 야심한 시각에 쓰레기통을 뒤져 인형 '쥬쥬'와 떨어진 다리 한쪽을 간신히 찾아냈다. 집을 빠져나갈 때보다 더 빠른 걸음으로 달려 들어왔고, 주워온 걸 대충 씻어 아이 품에 던지듯 안겨주었다.

턱까지 차오른 숨을 가다듬으며 '이젠 됐겠지.' 안도했다. 그런데 이상한 일이었다. 인형을 품에 안은 아이의 흐느낌은 잦아들 줄 몰랐다. 오히려 슬픔이 격해져 '꺼이꺼이' 울음을 토했다. 그것은 아이 자신조차도 정체와 깊이를 알 수 없는 슬픔이었으리라.

더 이상 아이에게 울음의 이유를 물어서도, 그를 섣불리 달래려 들어서도 안 될 것 같았다. 나는 그저 아이의 신성한 울음 앞에서 고개를 떨궜다.

나는 감히 추측해보았다. 아이가 느낀 슬픔의 정체는 '죄책감'이 아니었을까 하고. 단순히 사라진 인형이 보고 싶어 흘린 눈물이 아니었던 것만은 분명하다. 진심을 주고, 삶의 일부를 내어준 존재를 가벼운 이유로 내동댕이친 자신을, 아이는 아마도 용서치 못했던 모양이다.

죄책감이란 감정은 여간해선 깨끗이 가시지 않는다. 자책과 후회로 생채기 난 가슴이 그리 쉽게 아물 리 없다. 커다란 죄책감에 짓눌려 섧게 우는 나의 작은 아이를 당장 구해야만 했다. 그것은 여섯 살 난 아이가 혼자서 감당하기엔 너무 벅차고 무거운 짐일 터였다.

"엄마가 잘못한 거야, 엄마가 버리자고 한 거잖아, 그렇지?"

다음 날 눈을 뜨자마자 남편에게 일의 자초지종을 설명했다. 아이의 감정에 크게 공감한 그는 인형 다리를 맘먹고 손보기 시작했다. 그간 크게 신경 쓰지 않았을 뿐, 인형 다리에 나사못을 박으면 의외로 쉽게 해결될 일이었다.

'쥬쥬'는 다리 대수술을 받고 아이 품으로 돌아왔다. 아이는 비로소 '아이처럼' 밝게 웃었다. 딸아이의 감정은 완전히 회복된 것처럼 보였다. 전날 밤의 눈물과 한숨이 완전히 가신 표정이었다.

아이는 징을 박은 인형 다리를 세차게 흔들어 보였다. 그리고 '아빠가 쥬쥬 다리를 고쳐줘서 더 잘 움직일 수 있게 됐다.'라며 좋아했다. 그 뒤로는 인형에게 옷이 넝마가 되도록 수시로 갈아입히는가 하면, 긴 머리를 더욱 자주 쓸어주었다.

———

'쥬쥬'의 얼굴을 난생처음 유심히 들여다보았다. 슬픈 기색이 역력했다. 살짝 처진 눈매 속에 잠긴 눈망울이 깊고 그윽했다. 미처 떨구지 못한 눈물이 고여 있는 것도 같았다. 내 아이와 그토록 많은 정을 나눠온 존재를, 값이 싸다 해서 존재의 가치마저 싸구려 취급했던 나 자신의 가벼움에 눈물이 날 지경이었다.

그 뒤로도 나를 보는 '쥬쥬'는 늘상 슬픈 표정을 짓고 있었다. 이유를 곰곰 생각해봤다. 내 자신이 '쥬쥬'와 딸아이에 대한 미안함을 완전히 털어내지 못한 탓이란 걸 알게 됐다.

인형의 슬픈 얼굴은 결국 내 마음의 표정이나 다름없었다. 일개 무생물 장난감에 나 자신의 감정이 투영될 수 있다니, 그것은 다 큰 어른이 되어 경험한 신비로운 체험이었다.

　얼마 후 솜씨 좋은 지인으로부터 발도로프 인형을 선물 받았다. 헝겊 속에 폭신한 솜을 넣고 바느질로 모양을 잡아 만든 정감 있는 인형이었다. 다만 표정이 없는 게 특징이라면 특징이었다.

　"엄마, 근데 왜 이 인형들은 눈 코 입이 없어요?"

　"응, ○○가 기쁘면 이 인형도 기쁜 표정을 짓고, ○○가 슬프면 애도 슬픈 얼굴을 한대."

이 인형들이라면 어떤 상황에서라도 아이의 마음을 제대로 헤아려줄 것만 같았다. 어떠한 감정이든, 아이가 느끼고 생각하는 바를 있는 그대로 받아줄 것만 같았다. 마음 푹 놓고 기댈 수 있는, 넉넉하고 푸근한 친구처럼 말이다.

어린 시절 그 흔한 인형 하나 품안에 안아본 적 없어서였을까? 여태 난 지나치게 큰 눈망울에 일정한 표정을 짓고 있는 인형 앞에서 늘 무표정이었다. 어른이 되어서는 혹여 상처라도 받을까, 사람에게 선뜻 마음을 내주지 못했다. 그와 사이가 멀어질까 갈등 상황을 미리 회피하는가 하면, 마음이 잘 통하는 사람이라도 관계에 금이 갈까 봐 적당히 거리를 두고자 했다.

딸아이의 인형을 통해 애착이 주는 놀라운 힘을 보았다. 어쩌면 우리 모두에게는 마음의 일부가 아닌 전부를, 가식이 아닌 진실한 속을 가감 없이 펼쳐 보일 대상이 필요한 건지 모른다. '쥬쥬'의 일로 사람을 대할 때 일종의 방어기제로 마음 문을 닫는 일에 익숙했던 내 마음에도 균열이 생겼다.

어려서도 인형을 몰랐던 내가 다 큰 어른이 돼서야 그것의 표정을 살핀다. 오늘도 '쥬쥬'의 얼굴을 가만 들여다보았다. 그 작은 존재가 나를 향해 슬쩍 미소 짓는 것도 같다. 나도 굳은 표정을 풀고 그녀에게 작은 미소를 보낸다. 그러고는 작지만 진심을 실은 목소리로 말해본다.

'쥬쥬야, 미안해. 그리고 곁에 있어줘서 고마워.'

단순히 사라진 인형이 보고 싶어 흘린 눈물이 아니었던 것만은 분명하다.
진심을 주고, 삶의 일부를 내어준 존재를 가벼운 이유로 내동댕이친 자신을,
아이는 아마도 용서치 못했던 모양이다.

09

운동화 수선공을 찾습니다

당근 거래로 딸아이 운동화를 하나 샀다. 벨크로로 앞을 열고 닫는, 일명 찍찍이 운동화였다.

빛깔이 새빨간 데다 모양이 요염한 스니커즈를 아이는 맘에 꼭 들어했다. 밖에 나가기 전부터 신발을 신었다 벗었다 하며 이 방 저 방을 드나들었다. 다음 날 아침, 아이는 청바지 밑단을 돌돌 두 번 말아 올려 복사뼈와 발목을 척 드러내더니, 새빨간 신을 꿰차고는 당차게 출입문을 빠져나갔다.

190   아날로그인

그러나 애석하게도 새 중고 신발은 오래가지 못했다. 벨크로 패치의 상태가 영 시원찮은가 싶더니, 운동화가 발에서 벗겨지기 시작했다. 급기야 두 걸음에 한 번은 허리를 구푸려야 할 지경에 이르렀다. '애초 판매자가 싸게 내놓은 데에는 이유가 있었겠지. 버리고 새 걸 사?' 하고 생각했다. 그런데 그러기엔 큰 미련이 남았다. 벨크로 패치를 빼고는 외관, 밑창, 깔창 등 신발 모든 부위가 멀쩡했다. 무엇보다 딸아이가 이제 막 정을 붙인 신발을 놓아주려 하지 않았다. 신발을 헐떡거리며 끌고 다니면서도 꼭 그걸 신겠노라 고집했다.

"그럼 엄마가 고쳐올게."

신발을 들고 수선을 겸하는 동네 세탁소를 먼저 찾았다. 사장님은 자기 선에선 힘들다 했다. 대신 고맙게도 구두 수선소에 가면 가능할 거라는 언질을 주셨다. 벨크로 패치를 꿰매려면 깊이감 있는 바늘이 필요한데, 그곳에 가면 그런 재봉틀이 있을 거라고. 순간 동네를 가로지르는 메인도로 한편에 서 있던 구두 수선소가 떠올랐다. 그길로 곧장 찾아갔다. 날이 추워서인지 문이 굳게 닫혀 있었다. 희망을 가지고 하루 걸러 하루 꼴로 발품을 팔았다. 그러나 한 번 닫힌 문은 좀체 열릴 줄 몰랐다.

———

그 다음 날은 버스를 잡아타고 다양한 브랜드 신발을 모아 판매하는 ABC마트를 찾아갔다.

"이것 좀 봐주세요, 이걸 이 신발 브랜드 AS 매장으로 보내주실 수 있나요?"

"죄송하게도 이 브랜드는 저희 매장에서 취급하지 않아 어렵겠는데요. 이 브랜드 매장으로 직접 찾아가서 맡기시는 게 젤 빨라요."

"아, 네……."

그 자리에서 검색을 해보니 놀랍게도 우리 지역구에는 해당 브랜드의 오프라인 매장이 없었다. 소비자에게 익히 알려졌지만, 쉽게 매장을 둔 브랜드가 아니었던 것이다. 발품을 판 김에 ABC매장 인근 지하철 역 주변을 돌고 또 돌았다. 보통 역사 인근이라 하면 구두 수선소 하나쯤 끼고 있을 테니까. 예상대로 두 군데를 발견했다. 그러나 그뿐이었다. 역시 빈 컨테이너뿐.

자포자기 심정으로 집으로 돌아가는 버스를 잡아탔다. 실망할 딸아이 얼굴을 떠올리며 차창 밖을 힘없이 내다보는데, 그토록 간절히 찾아 헤매던 바로 그것의 정체가 눈앞을 빠르게 스쳐 지나는 것이 아닌가. 부르르 손을 떨어가며 벨을 누르고 하차했다. 흥분에 겨워 숨을 헐떡이며 한 정거장 거리를 내달렸다. '쿵쾅쿵쾅' 심장이 터질듯 하는 중에, 아담하고 단정해 뵈는 구두 수선소가 시야에 또렷이 들어왔다. 슬쩍 열린 문틈으로 노란 불빛이 새나오는 걸 보면 분명 신기루는 아닐 터였다. '아저씨, 정녕 여기 계셨던 거예요? 제가 얼마나 찾아 다녔다구요!' 아직 흥분이 가라앉지 않은 상태에서 마음속 목소리가 아우성을 치고 있었다. 정신을 차리고 눈을 들어보니 구청 인근이었다. 아, 구두 신을 일이 많은 관공서 직원들이지, 참!

"아저씨, 이거 수선되나요? 찍찍이가 자꾸 떨어져서요."

"네, 됩니다. 깊은 바늘로 꿰매야 해서 원래 한 짝에 4천 원 받는데, 두 짝에 5천 원만 주세요."

"네, 그럼 해주세요."

태연한 척 답하면서도 난 속으로 '암요. 얼마라도 드리지요. 고쳐만 주신다면요!'라고 크게 외쳤다.

낡은 벨크로를 떼고 새것을 달아 꿰매는 수선공의 손을 물끄러미 바라보았다. 두툼하고 투박하지만, 신발을 다루는 손놀림만큼은 섬세하고 다정했다. 대체 이 귀한 손을 찾아 얼마나 헤매었던가. 근 40분 가까이 묵묵히 작업에 몰두한 수선공을 지켜보고 서있자니, 제자들의 거칠고 더러운 발을 일일이 닦아주시던 예수의 손이 떠올랐다.

"운동화를 벗을 때 찍찍이를 함부로 하면 안 돼요. 세게 떼지 말고 이렇게 끝부분부터 살살 떼야 오래 가요."

수선공은 한마디 진심어린 충고를 잊지 않았다. 마지막으로 그는 실밥을 정리하고, 밖으로 삐쳐 나온 벨크로 원단을 가위로 잘라 마감했다. 마침내 그의 손에서 완성된 작품을 건네받는데 살짝 송구한 마음이 들었다.

값으로 가치를 매길 수 없는 일이 더러 있다. 손의 수고가 그럴 것이다. 크든 작든, 품을 들여 누군가에게 꼭 필요한 도움을 건네는 일만큼 값진 일이 있을까? 기계의 역할 수행이 늘어가는 세상이라지만, 사람의 손이 아니고서는 풀 수 없는 일이 의외로 많다. 길거리 구두 수선소마다 자물쇠를 걸어 잠그게 된 저마다의 속사정을 알 길 없지만, 혹 세상이 그 손의 가치를 알아주지 않은 탓은 아닐까 싶어 씁쓸한 마음이 든다.

장인의 정성스런 손길이 더해진 신발이 새삼 귀해 보였다. 벨크로 운동화가 다시 태어난 날, 신발 두 짝을 품에 꼭 안고서 집으로 향했다. 그의 다정한 손이 매만진 것은 비단 아이의 운동화만이 아닌, 세상 계산에 익숙하고 굳어진 내 마음이었다. 빨간 운동화는 중고가로 3,500원, 벨크로 수선비는 5,000원이었다. 암, 그래야지. 그렇고말고. 물건을 매만져준 수고에 더 큰 값을 치르는 것이 마땅해. 매우 마땅해.

값으로 가치를 매길 수 없는 일이 더러 있다.
손의 수고가 그럴 것이다.
크든 작든, 품을 들여 누군가에게 꼭 필요한
도움을 건네는 일만큼 값진 일이 있을까?

IV

아날로그는 가장 나다움이다:
내 식대로 소신껏 살아내기

01

운전 못 하는 게 자랑은 아니지만

어쩌다 은행 수납 창구를 찾는 날이면 '스마트폰을 모를 땐 어찌 살았나?' 하는 생각을 한다. 발품을 파는 수고가 한참 번거롭게 느껴져서다. 운전이란 내게 스마트폰과 같은 존재일까 보다.

그 편리함을 미처 맛보지 못한 탓에 현재의 삶의 방식이 크게 불편한 줄 모른다는 점에서 그렇다. 조금 사적인 고백이지만, 나는 면허 취득이 가능한 최소 연령에 스무 해를 더 얹은 나이가 되어서도 여직 '뚜벅이'로 잘 지내고 있다.

'운전 안 해'를 함께 외치던 동지들이 아이가 하나 생기고, 둘 생기면서는 '어쩔 수 없이' 운전 모드에 들어갔다. 운전에 어느 정도 적응하고 난 이들은 하나같이, '이제라도 운전 배우길 잘했다.'라고 말하며 뿌듯한 심경을 드러냈다. 어떤 이는 '이 좋은 걸 왜 여태 몰랐나?' 싶어 억울하다고까지 했다. 신문물이 건넨 갑작스런 삶의 풍요에 번쩍 눈이 뜨인 이들의 환호나 다름없는 말들이었다.

운전 기술이 삶에 더하는 풍요와 윤택을 무슨 수로 부정할까. 차를 몰 줄 모른다는 게 일종의 자질부적격, 혹은 핸디캡으로 작용하는 세상에서 말이다. 아무리 그렇다손 치더라도 차를 몰고 메뚜기 뜀뛰듯 이곳에서 저곳으로 건너다니는 삶이 내겐 여전히 숨 가쁘다. 빈약한 두 다리에 온몸을 의지해야 할망정, 원하는 장소에 닿기까지의 그 작은 여정이 주는 기쁨에 나는 그토록 끌린다.

잘 다져진 땅을 두 발로 딛고 설 때의 든든함. 사위의 풍경과 정취에 시선을 두는 순간 찾아오는 고요와 평안. 양팔을 휘적거리며 발길 닿는 대로 흘러갈 수 있는 자유. 계절의 미묘한 변화와 시시각각 달라지는 공기의 질감을 알아채며 누리는 기쁨까지. 이 모든 일들이 생의 감각을 흔들어 깨운다.

걸음을 떼는 족족 나는 세상의 주인이 된다. 계절과 풍경이 그저 나를 스쳐 지나게 두지 않는다. 그 속으로 걸어 들어가 풍광의 일부가 되어본다. 걸음을 대신해 버스나 지하철에 몸을 실어야 할 때도 있다. 시선의 자유와 함께 생각의 스펙트럼을 자유자재로 넘나들 수 있으니, 이 또한 걸음과 더불어 누리는 또 하나의 즐거움이 아닐까.

계속해서 운전무면허의 쓸모를 논하자면 단연 기동성이다. 한두 가지 생필품이 떨어졌을 때 근처 마트나 시장 골목으로 불쑥 찾아들어갈 수 있는 것은 결국 주차 걱정 없는 두 발의 힘이다.

의외의 즐거움도 무시 못 한다. 발길은 딴청을 부리고픈 속마음을 척 받아준다. 걷다가 샛길을 만나면, '새라고 샛길 아니야?' 하며 발이 앞장을 서준다. 길을 걷다 우연히 눈에 띈 카페, 게다가 창가 자리까지 비어 있는 날엔 잠시 들어가 앉았다 가라고 등을 떠민다.

무면허가 주는 낭만도 있다. 추운 겨울날 길거리에서 천 원에 세 개 주는 붕어빵도 사 먹을 수 있고, 길거리 판매대에서 땡처리하는 옷가지도 좋은 값에 집어올 수 있다. 애초에 집 떠나 멀리 가는 계획을 세우진 못해도, 생활 반경 안에서 알차고 밀도 있게 일상을 누린다.

———

한 번씩 차가 꼭 필요할 땐 우리 집 김 기사를 대동한다. 남편을 '김 기사'로 철저히 객관화해서 부르는 이유가 있다. 운전대를 잡은 그는 가끔 전혀 딴 페르소나가 되기 때문이다. 김 기사는 자기 힘으로 통제할 수 없는 도로 상황에 역정을 낸다. 욕설 몇 마디 뱉는 것으로 화가 쉽게 가라앉진 않는다. 문제의 차를 확 처박을 용기도 없지만, 그렇다고 양보할 마음일랑 눈곱만치도 없다. 그가 모는 애꿎은 차만이 그의 심하게 뒤틀린 배알마냥 앞뒤로 꿀렁이며 요동을 친다. 그 날것의 욕을 고스란히 들어먹고, 메슥거리는 속을 견뎌야 하는 것은 도로 위 개념 없는 여느 운전자가 아닌 하릴없이 조수석을 지키고 있는 나다.

그럼에도 나의 무면허가 김 기사에게 큰 짐이 될까 싶어 신경을 쓴다. 가족이 장거리 여행길에 오르면 혼자서 운전대를 책임져야 하는 그에게 미안하다. 그런 탓에 운전 중 한 번씩 그가 뱉어내는 거친 말을 잠자코 받아주고, 달콤한 초콜릿과 사탕도 입안에 쏙쏙 넣어준다. 졸음이 틈탈세라 밝고 명랑한 어투로 곁에서 부지런히 쫑알대는 것으로 그의 수고를 갈음하려 애쓴다. 웬만큼 수준 있는 조수가 아니고서는 불가능한 처사다.

운전 권하는 시대다. 모두가 보편적 문명의 이기를 따를 때, 오랜 방식을 고수하느라 답답하단 소리를 듣고 천연기념물 취급을 당한다. 치러야 할 대가와 방어막을 쳐야 할 일도 많다. 나이 40이 되도록, 그것도 애를 둘씩이나 키우면서 운전을 할 줄 모른다는 게 마냥 내세울 일만은 아닌 것이다.

나이 60이 넘어 운전을 시작한 시모가, '너는 젊은 애가 이 좋은 운전을 왜 안 하느냐?' 물어오면 꽤 민망하다. '얼마 안 가 자율 주행차가 나올 테니 조금만 더 버텨라.'라고 조언하는 지인도 있다. 아마도 내가 겁이 많아 운전대를 못 잡는 줄로 생각하는 모양이다. '비싼 보험료 내가며 좋은 차를 주차장에 처박아두는 게 아깝지 않으냐?'며 누군가 꽤 설득력 있는 말을 건넸을 땐 솔직히 많이 흔들렸다.

그럴 때면 손안에 스마트 기기를 쥐지 않았던 날들을 애써 떠올린다. 그 더디고 밋밋한 날들 속에 여유와 낭만이, 기다림과 설렘이, 그리고 누군가를 향한 애틋함이 있었다. 속도감을 더해 삶의 효율을 꾀하는 것만이 능사는 아닐 것이다. 다만 운전 권하는 사회에 이 오랜 뚜벅이의 소신을 일일이 설명할 길 없어 한마디 말로 눙치곤 한다.

"면허요? 따려면 진작 땄겠지요. 육아가 가장 힘들다는 10년 세월, 발품 팔아 애 둘을 키워냈는데, 이제 와 억울해서 못 따요."

내게는 잘 구르는 네 개의 바퀴보다 두 다리가 더욱 든든하다. 오늘도 뚜벅이는 어지간한 거리는 일삼아, 놀이 삼아, 운동 삼아 걷는다. 걸을 일이 없으면 일을 만들어서라도 집밖을 나선다. 뚜벅이의 삶이란 일상의 소소한 불편을 감수하고라도 고수할 만한 일. 문득 운전을 권하는 이에게 이렇게 반문하고 싶어진다.

"운전, 왜 하시는 거예요? 혹 운전대를 놓을 용기는 없으시고요?"

글쎄, 조금 당돌해 보이려나?

잘 다져진 땅을 두 발로 딛고 설 때의 든든함.
사위의 풍경과 정취에 시선을 두는 순간 찾아오는 고요와 평안.
양팔을 휘적거리며 발길 닿는 대로 흘러갈 수 있는 자유.
계절의 미묘한 변화와 시시각각 달라지는
공기의 질감을 알아채며 누리는 기쁨까지.
이 모든 일들이 생의 감각을 흔들어 깨운다.

02

배바지를 입다

아이들에게 배바지를 입혀놓으면 무척 사랑스럽다. 밥을 잘 먹어 불룩해진 배와 기저귀를 두른 빵빵한 엉덩이가 더욱 불거져 보인다. 그런 아이가 통통거리며 이 방 저 방을 바삐 오간다. 제 생김이 어떠한지, 남이 저를 어찌 보아줄지는 안중에도 없이 오직 놀이에만 빠진 채.

어느 날 초등학생 아들이 학교 운동장에서 공을 차는데 배바지 차림인 걸 보았다. 나풀대는 윗도리가 거추장스러웠는지, 그렇지 않으면 고무줄

바지가 실실 내려가기라도 했는지, 윗옷을 야물게 허리춤에 몰아넣고 길쭉한 바지를 배 위로 한껏 추켜올렸다. 녀석은 땀을 뻘뻘 흘려가며 공을 몰아 골대까지 내달리는 일에 전력투구하고 있었다.

아들은 뜀박질을 할 때, 딱지를 칠 때, 줄넘기를 할 때도 어김없이 배바지를 해 입는다. 겨울 나뭇가지처럼 앙상하게 마른 몸이 하도 가여워 윗도리를 바지춤에서 빼놓으면 얼마 안 가 배바지다. 코를 훌쩍거리며 한 번씩 바짓말을 추켜올리는 아이는 신명나는 춤을 추는 것도 같다. 녀석에게 배바지란 흥과 몰입의 대명사인 것이다.

―――――

우리 집 남자도 정장을 차려입을 때만큼은 절로 배바지 차림이 된다. 바지를 허리선에 적당히 걸치는 수준이나, 얼마간의 인덕이 있어 어쩔 수 없이 배 부근이 불룩하다. 남자는 거울 속 제 모습을 들여다보면서 '후유' 하고 가늘고 짧은 한숨을 한번 내쉰다. 툭 불거진 배를 손바닥으로 툭툭 두 번 두드리고는, 강하고 짧은 들숨과 함께 배를 훅 끌어당긴다. 배바지를 입고 배에 기합을 넣는다는 것, 그것은 긴장의 기운이 감도는 집 밖 세상으로 나가야 할 시간이란 뜻이다.

하루는 나도 배바지를 입어보았다. 외출을 나섰는데 예기치 않게 찬바람이 불어와 자꾸만 몸이 움츠러들었다. 통이 넓고 허리폭이 넉넉한 코듀로이 바지를 입고 나온 게 다행이었다. 어쩔 수 없이 윗도리를 바지 허리춤에 집어넣고 배꼽 위로 바지를 한껏 끌어올렸다.

몸매는 안중에도 없는 옷매무새였다. 살짝 솟은 복부, 허리통의 둘레가 꾸밈없이 드러났다. 문득 배바지를 입은 어느 아이의 모습이 떠오르면서 덩달아 마음이 맑아졌다. 대번에 배가 뜨뜻해지더니 한기가 가셨다. 편안한 옷차림에 안정감이 들었다. 그러면서도 은근히 불거져 나온 배가 신경 쓰였다. 나도 모르게 허리가 곧추 세워졌다. 마침 저 앞에서 누가 다가오고 있었다. 배에 살짝 힘을 주었다.

나의 일상은 배바지 같은 삶이다. 제도권에 얽매이지 않아 비교적 자유로운 시간을 보내면서도, 남모르게 긴장을 한다. 아무도 옥죄는 이 없지만 흐트러지지 않으려 애쓴다. 마치 배바지를 입은 모습을 거울 속으로 들여다보며 신경을 쓰듯 그렇게. 옷태가 사랑스럽지는 못할망정 영 꼴사나워서야 될까 싶어서.

———

한두 해 전부터 패션계에서 하이 웨이스트(high waist)가 다시 유행이다. 하이 웨이스트란 실제 몸의 허리선보다 높은 위치에 만들어진 선을 말하는데, 더불어 그런 복장을 총칭한다. 옷 좀 입을 줄 안다 하는 젊은 층에선 청바지, 슬랙스, 스커트, 반바지 할 것 없이 하이 웨이스트를 선호한다. 확실히 다리가 길어 보이는 효과가 있다. 허리는 잘록하게, 힙은 풍만하게 연출하기 유리하다. 무엇보다 자신의 몸과 일에 대한 자신감을 내뿜는다.

하이 웨이스트란 결국 배바지의 다른 이름이 아닐까. 나는 오늘도 바지를 한껏 추켜올리고 주방에 선다. 책상머리에서도 배바지만 한 옷이 없다.

일상이라는 시간의 몸매를 생각해본다. 허리 라인은 군더더기 없이 날래고, 힙 라인은 힘 있고 풍성한, 그래서 한 번쯤 지나는 이의 눈길을 끄는 그런 단단한 일상이면 좋겠다.

젊은 층의 하이 웨이스트 열풍은 언젠가 시들어버릴지 몰라도 나의 배바지 차림이란 좀처럼 유행을 타지 않을 것이다.

안
단
테
산
책

03

나는 궁지에 몰리면 걷는다. 풀릴 길 없는 일로 머릿속이 복잡할 때, 나를 둘러싼 문제가 하릴없이 커 보일 때, 막 걸음을 떼려는 아이처럼 용기를 내 발을 내딛는다.

한참을 걸었다. 땅을 딛고 서는 일 말고는 할 수 있는 게 아무것도 없다고 생각한 날이었다. 속 시끄러운 일들로 요 며칠 골머리를 앓아오고 있었다.

걷는다는 건 태우는 일이다. 잔가지같이 이리저리 흩어진 상념을 그러모아 군불을 지펴본다. 어지러운 생각들이라 그런지 불이 잘 붙지 않는다. 이미 우울과 억울, 체념과 슬픔에 눅진해진 탓이다. 매캐한 연기만이 잇따라 피어오른다. 눈과 목이 따갑다.

가까스로 마음의 갈피를 잡은 찰나, 작은 불씨 하나가 살아났다. 생각의 잔가지들이 마침내 타닥타닥 소리를 내며 타기 시작한다. 단번에 정리되지 않는, 몸집이 큰 생각의 장작은 뚝뚝 분질러 가며 불 위에 얹는다. 축축이 젖은 장작개비들이 불꽃에 힘차게 맞선다. 맹렬한 불꽃과 매캐한 연기가 한데 엉켜 너울댄다. 서로를 잡아먹겠노라 으르렁대면서. 이쯤 되니 눈시울이 붉어지고 마음마저 맵다.

———

초겨울 알싸한 공기 중으로 허연 입김이 뿜어져 나와 눈앞이 자욱하다. 나도 모르게 입을 벌려 숨을 쉬고 있었던 모양이다. 심한 스트레스에 시달렸던 까닭일 것이다. 입을 벌려 호흡하자면 들숨과 날숨이 불규칙해 숨이 거칠다. 지금 나의 상태를 깨닫고는 얼른 입을 다물었다. 그러고는 숨 고르기를 시작했다. 일정한 깊이와 빠르기로 숨이 들고 날 때까지. 코로 숨을 쉰다는 건 일정한 보폭으로 내딛는 걸음과도 같은 것. 그렇게 호흡의 리듬을 찾아가다 보니 흥분이 서서히 가라앉는다.

코로 내쉬는 숨에는 허연 입김 같은 차가운 것이 없다. 찬 공기가 콧속을 지나며 데워지기 때문이리라. 코는 숨에 든 오염물도 걸러준다지. 몹쓸 생각이라도 콧속을 지나면 그리 될까? 그것이 코를 통과해 폐부를 지나고 나면, 조금이나마 정화되고 단정한 상태가 되어 몸 밖을 빠져나오게 되는 걸까? 한참을 코로 숨을 유지하며 걷다 보니 못난 생각의 크기는 작아지고, 쪼그라들었던 마음이 새 기운으로 차오르는 것 같다.

———

나는 힘써 미디엄 템포로 걷고 있다. 너무 빠른 걸음으로 걷다가 내면의 상처를 아주 모른 척할까 봐. 혹 너무 느린 걸음 탓에 문제에 아주 매몰될까 싶어서.

외면하고 싶은 상황, 다신 들추고 싶지 않았던 생각이라도 용기를 내 마주해야 한다. 그래야 끝내는 툴툴 털어버릴 수 있다. 일정한 호흡과 함께 보폭을 가다듬는다. 한 발 한 발 내딛는 걸음에 적당한 긴장을 실어 보내면서.

얼마나 걸었을까. 타야 할 것들이 타고 난 가슴이 훈김으로 달아올라 있다. 패딩 조끼의 단추를 투두둑 끌러 앞섶을 풀어헤친다. 남방 소매를 두어 번 접어 돌돌 말아 올린다. 통기성이 좋은 운동화를 신었어야 했다. 발바닥이 후끈거리고 발이 덥다. 등줄기에 꼽꼽하게 밴 땀이 기분을 살짝 들뜨게 한다. 불필요한 감정과 생각의 찌꺼들이 이 땀방울들과 함께 저 멀리 어딘가로 증발해버렸으면.

———

겨울철 해가 쑥 빠져버린 거리가 서늘하다. 어둠이 삽시간에 깔린다. 세차게 후려치는 하늬바람 한 자락에 후끈 달아오른 몸을 식힌다. 상념의 장작이 다 타고난 몸이 한결 가볍다. 가까운 벗을 마주하고 앉아 속내를 터놓았다 한들 이보다 홀가분할 수 있을까?

걷고 난 후 나 자신이 조금 더 단단해진 것 같기도 하다. 조물주는 어떤 상황에서라도 앞을 향하라고 사람을 두 발로 세워두셨고, 사방을 살피라고, 또 하늘을 올려다보라고 너른 시야를 허락한 것이리라.

나의 존재가 어제보다 선명하다. 여전히 할 수 있는 일은 아무것도 없으나, 그 무엇이라도 할 수 있는 내가 있다. 바로 이것이 걷기가 내게 건넨 최고의 위안이요, 격려다.

04

당근, 어디까지 해봤니?

"내가 태우고 갈까?"

남편이 선뜻 호의를 비쳤다. 당근 거래로 이유식 용기를 드림받기로 한 날이었다. 거래 장소는 버스로도 한참 거리. 그러나 모처럼 평일 휴무를 맞아 자유를 누리고 있는 남편을 방해하고 싶진 않았다.

"아냐, 바람 쐴 겸 내가 다녀오지, 뭐."

"꽤 무거울 텐데? 병이 몇 개쯤 된다 했지?"

"60개라고 했는데, 이유식 용기라 작아서 괜찮을 거야."

그렇게 그를 안심시키고는, 집에서 가장 큰 형겊 장바구니를 주섬주섬 챙겨 나왔다.

문고리 거래를 약속한 터라, 집 앞에 내놓은 물건을 찾아오기만 하면 될 일이었다. 신림에서 서초까지 버스로 꼬박 40분. 버스에서 내려서도 한참을 걸어 거래 장소에 당도했다. 약속대로 아파트 현관 앞에 커다란 상자 하나가 나와 있었다. 부피가 제법 큰 종이 박스 안에는 상당한 양의 유리병이 빼곡하게 들어차 있었다. 물건 주인은 당연히 물건을 차로 실어 갈 거라 예상했던 모양이다. 테이핑 하나 둘려 있지 않은 박스는 밑이 빠지기 일보 직전이었다.

'끙!'

온 힘을 다해 박스를 들어 올렸다. 세상에, 이렇게 꿈쩍도 안 할 수가. 눈앞이 깜깜해졌다. 애초 물건을 혼자 힘으로 옮겨갈 수 있을 거라 자신했던 건 단단한 오산이었다. 문득 오던 길에 버려진 캐리어 하나를 보았던 게 떠올랐다. '어쩜 그거면 될지 몰라.' 발길을 돌려 지나온 길을 더듬었다. 기억대로 한 빌라 입구 앞에 폐기물 스티커가 부착된 캐리어 하나가 있었다. 다행히 네 바퀴 모두 멀쩡했다. 외관도 나쁘지 않아 보였다.

캐리어를 끌고 다시 거래 장소로 향했다. 집에서 챙겨온 헝겊 가방에 병을 하나하나 옮겨 담고 손잡이를 야물게 묶었다. 가방을 통째로 캐리어에 밀어 넣고는 가까스로 지퍼를 닫았다. 그러나 몇 걸음 떼기 무섭게 캐리어가 주저앉고 말았다. 짐의 하중을 견디지 못한 손잡이가 뚝 끊어지고 만 것이다. 거기에 또 하나의 고난이 더해졌다. 빗방울이 흩뿌리기 시작했다. 비를 맞으며 온몸으로 캐리어 몸체를 밀기 시작했다. 집으로 돌아가는 길은 구만리 같았다. 그깟 유리병이 뭐라고, 나는 어쩌자고 이런 무모한 일을 감행하고 있는 걸까? 돈으로만 따지면, 수지타산이라곤 전혀 맞지 않는 일이었다.

———

병은 깨끗이 소독돼 있었다. 속의 내용물을 비우고, 씻고, 또 일일이 그걸 소독하느라 애를 썼을 이름 모를 이의 수고를 생각했다. 맘씨 좋은 그이에게 휴대폰으로 커피와 케이크 기프티콘을 날렸다.

그 후 60여 개의 작은 유리병은 나의 살림 밑천이 되었다. 봄이면 딸기 잼을 만들어 담는다. 여름에는 복숭아조림과 빙수용 팥 조림을 만들어 일일이 보관한다. 가을철에는 무화과 잼과 사과 잼 만들기를 거르지 않고, 마늘장아찌, 견과류, 하다 못 해 쌈장이라도 만들어 보관한다. 잼이든 팥이든, 꼭 한 병 분량이면 한번 소진하기에 안성맞춤이라 주방 살림에 탄력이 더해졌다. 맘에 드는 새 옷을 장만해두면 다음날 외출할 일이 그토록 기다려지듯, 주방에 언제라도 새 병이 구비돼 있으니 무엇이든 선뜻 요리할 맛이 난다.

나는 빈 병만 보면 가슴 설레는 사람이다. 투명한 속을 마주하자면 무엇이든 정성스럽게 만들어 가득 채우고 싶어진다. 뒤늦게야 알았다. 고장 난 캐리어에 한 짐 싣고 질질 끄는 개고생을 자처한 원동력이 무엇이었던가를. 아마도 당근마켓 화면에서 수십 개의 반짝이는 투명 유리병을 본 순간, 텅 빈 그것이 주는 무한한 가능성의 설렘을 도통 이기지 못한 탓이었을 것이다.

유리병을 매개로 우리 둘 사이에는 돈보다 소중한 것들이 오고간 셈이다. 그도 내가 주방에서 이것들을 이 모양 저 모양으로 요긴하게 쓰고 있는 것을 안다면, 그리하여 자칫 버려질 뻔한 그 수많은 유리병이 새 생명을 얻고 몸값이 높아진 걸 안다면 무척이나 기뻐하겠지.

투명한 속을 마주하자면
무엇이든 정성스럽게 만들어 가득 채우고 싶어진다.

05

봉숭아 네일아트

날이 새기만을 고대하며 잠을 청하던 밤이 있었다. 잠결에 손가락 마디마디가 저려왔다. 손톱 위에 빨은 봉숭아를 올려 총총 감아두었던 것인데, 실을 너무 세게 조인 탓이었다. 어린 시절, 바쁘게 일하시는 부모님을 차마 조르지 못해 혼자 힘으로 봉숭아물을 들여야 했던 조금은 아픈 기억. 그래서 매해 여름철이면 내 아이들 손톱에 봉숭아 꽃잎을 얹어준다.

봉숭아는 왠지 화원에는 어울리지 않는 꽃이다. '울 밑에 선 봉선화'라고 아니했던가. 그저 마당 한편에 두고 피면 피는 대로, 지면 지는 대로 두고 보는 게 좋다. 옆집 이웃 같고 친구같이 정겨워서다. 외모도 그리 말끔치 않다. 길 먼지가 부옇게 내려앉은 초록 잎사귀와 손대면 '톡' 하고 떨어지고야 마는 꽃잎. 흠 많고 연약한 봉숭아라 더 친근하다.

올해도 아이들 할머니가 보내주신 봉숭아를 그늘에 펼쳐두고 살짝 말렸다. 그것에 굵은 소금 몇 꼬집을 더해 콩콩 찧었다. 언제나 그렇듯 거사가 치러지는 건 잠잘 때가 다 되어서다.

"엄마, 비닐 속 봉숭아가 꼭 파김치 색깔 같아요."

'이 야심한 밤, 열 손가락에 비닐을 하나하나 쫌매고 있는 니 애미가 파김치다, 요년아.'

"엄마, 근데 엄마는 왜 안 해요, 이 예쁜 걸?"
"엄마도? 그럼 엄마는 새끼랑 약지, 그리고 엄지발톱에만 올릴게."

그날 밤은 아이들이 평소와 다르게 잠을 뒤챘다. 날이 밝아 비닐을 벗겨내니 붉게 물든 손톱과 손가락이 마디마디 드러났다. 활짝 웃는 아이들, 마음까지 붉게 상기되었구나. 피아노 건반 위에서도, 밥숟가락을 쥐어도, 어디에 얹고 보아도 사랑스러운 손이 되었다. 도도하고 새침한 이의 살짝 치켜든 턱처럼 저도 모르게 자꾸만 손끝이 올라간다.

"엄마가 들은 얘긴데 첫눈 내릴 때까지 봉숭아물이 남아 있으면 소원이 이루어진대."

봉숭아물이 첫눈을 맞으면 사랑이 이루어진다는 속설이지만, 아이들에게 순정(純情)이란 먼 이야기 같아 꿈으로 바꿔 말해주었다.

"정말?"

순간 딸아이 얼굴에 근심의 그림자가 드리워진다.

"아……, 근데 어쩌지 엄마. 난 벌써 꿈이 7개나 되는데. 팝스타, 요리사, 발레리나, 미용사, 피아니스트, 유치원 선생님이랑, 음 그리고 패션모델도 어제 생겼는데."

꿈을 헤아리며 손가락을 하나씩 펴는 아이, 붉은 손톱이 다부진 꿈처럼 화려하게 반짝인다.

"우리 딸은 손가락 하나당 꿈 하나로 쳐도, 며칠 지나면 두 손 두 발이 모자라겠는데?"

아이들은 붉게 물든 손발톱 앞에서 자주 꿈을 이야기했다. 그러나 성장이 빠른 아이들이라 꿈을 꾸기가 무섭게 붉은 물은 몸 밖으로 빠져나갔다. 때마다 새로운 모양새를 연출해가면서. 얼마간 남은 붉은빛과 손발톱의 하얀 심지가 자아내는 색채의 조화, 그때가 백미다. 그러다 마침내 손발톱 끝에 초승달이 걸리면, 아스라이 머문 주홍빛에 애간장이 탄다. 야속하게도 아이들 손발톱에서 꿈의 주홍빛이 말끔히 지워져버린 건 첫눈은커녕 가을이 깊어지기도 전이었다.

그리고 그해 겨울이 문턱에 다다른 어느 날.

"세상에! 엄마는 아직도 봉숭아물이 남아 있어요? 우리는 벌써 없어졌는데!"

우연히 내 발을 내려다본 아들이 놀라움을 금치 못했다.

"그러게, 엄마 건 아직 한참 남았는데… 어른이라 발톱이 잘 안 자라나 봐."

발톱이 이렇게 더디 자라는 줄 몰랐다. 난 이렇게 시들어만 가는 걸까, 하고 우울한 생각에 잠기려는 차 딸아이가 달려 나왔다.

"와, 정말이네! 신기하다. 엄마 발톱은 첫눈 맞을 수 있겠다! 소원도 이룰 수 있고."

그 뒤로 봉숭아물은 내게도 꿈의 대명사가 되었다.

이 작고 약한 미물에 놀라운 지혜가 있음을 보았다. 외유내강(外柔內剛)의 모습 뒤에 뜻을 이루고야 마는 투지가 있다. 한여름 뙤약볕과 장마철 폭우를 견디며 씨앗을 보듬던 봉숭아는 행인의 손끝을 타고 널리 퍼진다. 그 이듬해 길목 곳곳을 넘나들며 수천 송이 꽃을 피울 것을 기약하면서. 그것으로 모자라 누군가의 손톱 위에 올라 '기쁨'으로, '기다림'으로, 때로는 '간절함'의 이름으로 오래도록 붉게 타오르는 것이다.

그해 첫눈을 맞은 내 몸의 봉숭아물이 두 번째 겨울을 나고 있다. 미처 빠져나가지 못한 나의 수줍은 꿈이 아직 발끝에 걸려 있다. 실낱같은 봉숭아물과 함께 사라져가는 한여름 밤의 발간 추억, 그리고 선명해가는 나의 꿈이여.

누군가의 손톱 위에 올라 '기쁨'으로, '기다림'으로,
때로는 '간절함'의 이름으로 오래도록 붉게 타오르는 것이다.

06

살림이라는 단방 처방

지신(自身)의 실체가 흐려지고 삶이 어렴풋할 땐 '나다움'이 절실해진다. 이럴 땐 몇 가지 단방 처방을 내린다.

장바구니 하나 가볍게 둘러메고 냉큼 장보기에 나설 것. 그런 날은 어김없이 전통시장이나 동네 마트를 찾는다. 매대 곳곳에 올라와 있는 채소의 몸값을 두 눈으로 확인하고 나면 천 원, 2천 원의 값어치가 당장 실감 난다.

오색 영롱, 채소 과일이 지닌 저마다의 빛깔이란 어찌나 곱고도 강렬한지, 무엇에 반한 사람마냥 한동안 시선을 떼지 못한다. 그것들이 뿜어내는 향을 맡고, 몸집에 난 흠과 상처를 손으로 더듬다 보면 먹고 사는 일이 조금 더 각별해진다.

장터에서 돌아와서는 주방 조리대 앞에 든든히 설 것. 요리의 전 과정에는 눈, 코, 귀, 손의 감각이 동원되고, 미각을 끝으로 오감의 즐거움이 완성된다. 이쯤 되면 요리만큼 사람에게 즉각적이고도 폭넓은 만족을 안겨주는 일이 또 있을까 싶다.

손수 장바구니를 채워 내온 식재료를 각종 지혜를 짜 내 알뜰히 조리한다. 요리의 결과물을 소중한 이들과 나누다 보면 천 원짜리 채소의 가치가 만 원쯤으로 뛴다.

내 손의 작은 수고를 나누는 것으로 사람과 자연, 사람과 사람 사이의 유기성(有機性)이 회복된다. 그토록 그리던 삶은 어디 멀리 가 있는 것이 아니요, 천 원짜리 가격표를 단 채소 한 뭉치면 충분하다.

청소는 내 삶을 적극적으로 부리는 또 하나의 수완이다. 그것은 일종의 작용-반작용으로, 말끔히 소제된 공간은 기꺼이 손을 빌려준 이에게 좋은 기운을 되돌려준다. 화장실의 새하얘진 타일 줄눈과 말끔하게 치워진 테이블은 바라보는 것만으로도 의욕이 돋는다. 그날의 일이 잘 풀릴 것만 같은 예감마저 든다. 손길이 가닿을 때마다 단정함을 입고 쓸모가 되살아나는 공간을 볼 때만큼은 마이더스의 손이 부럽지 않다.

공간이 개인의 삶에 끼치는 힘을 인정하기에 앞서, 바로 그 공간을 꿈꾸는 모습대로 만들어내는 힘이 내 안에 있음을 깨닫고 나면, 새삼 나란 존재가 썩 괜찮게 느껴진다.

청소기나 공기청정기의 필터를 갈아야 할 때, 세탁기 먼지 거름망이 꽉 찼을 때, 손빨래가 필요한 옷감의 얼룩을 발견했을 때, 그 순간만큼은 그 누구도 아닌 '내'가 나서야 할 시간이다. 삶이 여전히 자신의 통제 아래 있다는 사실을 확인하는 일은 크게 어렵지 않다.

먼지 거름망을 털어 끼우고, 옷감의 얼룩을 가볍게 문질러 빨아 넣은 뒤 세탁기 동작 버튼을 눌렀다. 그러고는 장바구니를 주섬주섬 챙겨 집을 나섰다.

오늘은 무슨 재료를 사다가 무얼 요리해볼까? 식구들이 잘 먹어야 할 텐데. 조금 더 신경을 써서 플레이팅을 하고, 카메라에도 예쁘게 담아볼까나. 인스타 피드에 올릴 문구를 미리 노트에 끄적거려봐야겠다.

나만의 향기 스위치, 커피와 핸드크림

07

개띠로 난 탓에 유독 후각이 예민한 걸까? 나는 냄새를 밝혀내는 일에 조예가 깊다. 주변 세상을 코로 알아갈 때가 많다. 이 유난스런 후각은 삶의 희열과 고통을 교차로 안겨주는 양가 감각과도 같은 것. 어떤 존재의 향기로움에 쉽사리 취하다가도, 역하고 불쾌한 냄새의 기습에는 대체로 속수무책이다.

팬데믹의 여파로 뜻하지 않게 집에 갇히게 되면서, 커피다운 커피를 마시지 못한 지 수일째였다. 그날도 영 허전한 마음으로 잠에 들었는데, 다음날 아침 의식이 들자마자 밥보다도 커피 생각이 간절했다. 그때였다. 어디선가 잘 볶아진 커피콩이 드르륵 갈리더니 강렬한 향이 여과 없이 터져 나왔다. 향의 농도로 보건대 꽤나 신선한 원두였다. 다크 초콜릿 향미가 훅 끼쳐 올라오는 것이 과테말라 원두인가 싶었다.

그 향은 상상이 아닌 실제였다. 커피의 달콤한 향내를 머릿속으로만 그리고 있었던 게 아니다. 분명 코로 커피 향을 맡고 있었다. 눈을 떠버리면 꿈에서 깨듯 그 꿈같은 향기에서 멀어질까 싶어 눈을 감은 채 달콤함을 실컷 누렸다. 잠시 딴 세계를 다녀온 듯 기분이 좋아졌다. 맛좋은 커피 한 잔에 대한 간절함도 꽤 해소되었다.

———

나는 향기로 삶의 스위치를 켠다. 삶의 모드를 변경한다. 끝도 없는 집안일의 바다에 빠져 허우적댈 때, 온몸이 김치 냄새, 반찬 냄새, 멸치 냄새에 절어 장아찌가 되어갈 때, 코끝을 스친 기분 좋은 향이 단숨에 나를 건져낸다. 마음과 정신이 환기되면서 골몰하던 일에서 단번에 빠져나올 수 있게 된다.

격리가 해제된 날 스타벅스 리저브 매장에 갔다. 굳이 커피 한 잔에 비싼 값을 치르면서 많은 이들이 이곳 홀 바 테이블에 앉는 이유는 무엇일까? 저마다의 이유가 있을 줄 안다. 대접받는 느낌이 좋아서, 커피 맛이 특별해서, 혹은 커피와 함께 제공되는 바크(bark) 초콜릿의 풍미마저 훌륭해서.

여기 조금 별난 구실도 있다. 갓 터지는 커피 향을 맘껏 누릴 수 있어서다. 그라인더를 마주한 자리, '위이잉' 커피콩이 갈리고, 원두 특유의 꼬숩고 진한 흙 내음이 터져 나온다. 머신을 뚫고 나오는 에스프레소의 강렬한 향과 드리퍼를 투과해 퍼지는 은은한 커피 내음까지. 그곳은 순전히 커피 향의 향연이다. 나의 커피를 맛보고도 다른 이들이 주문한 커피를 몇 잔이나 코로 들이켠다. 그 순간만큼은 내가 품은 모든 우울과 시름, 한숨과 걱정이 마법처럼 커피 향에 묻히고 만다.

이어 잊지 않고 챙겨온 핸드크림을 꺼냈다. 튜브를 손등에 대고 완두콩 크기만큼 내용물을 짠다. 손등을 맞대고 비비적대면 발열의 기운과 함께 달콤한 베르가못 향이 전신에 퍼진다. 향기의 영역이 손끝까지 미치도록 열 손가락 깍지를 끼웠다 뺐다 반복한다. 마치 혼자만의 의식을 치르듯 신성한 기분을 느껴가면서. 그때서야 안다. 지금은 생활감으로 충만한 주부의 모드를 잠시 끄고 쓰는 이의 거룩한 임무에 빠져들 시간이라는 걸. 가장 편안하고 진솔한 마음으로 세상에 나의 이야기를 들려줘야 할 시간이라는 걸.

어느새 그득하던 드립커피 한 잔이 바닥을 드러냈다. 빈 잔에 코를 오래도록 묻는다. 믹스커피 향내를 닮은 잔향이 달콤하다.

식사 때가 가까워진다. 향기 스위치를 다시 꺼야 할 시간이다. 쌀을 씻고 찬거리를 만지자면 손에 묻은 크림부터 깨끗이 지우고 봐야겠지.

나를 위해 쌀뜨물을 받는다

08

쌀을 씻을 때마다 쌀뜨물을 받는다. 첫물과 두 번째 헹굼 물은 대충 받아 버리고, 그다음부터 쌀을 조물조물 문질러 뽀얀 뜨물을 낸다.

그날그날 받아낸 뜨물은 깊고 너비가 큰 유리병에 담아 모은다. 병을 냉장고 속에 넣어두면 얼핏 두 개의 층이 진다. 하얗고 부연 부유물은 아래로 꺼지고, 윗물은 맑아진다. 다음번 쌀 씻은 물을 합칠 때는 앞서 맑게 갠 윗물을 가만 따라버린다. 물을 더하는 횟수가 더해갈수록 자연스럽게 쌀뜨물의 농도는 진해진다.

그렇게 꾸준히 정성껏 모은 뜨물은 다방면에 요긴하다. 각종 국이나 찌개의 국물 베이스로 쌀뜨물만 한 게 있을까? 된장국, 북엇국, 김치찌개, 부대찌개를 뜨물로 끓이면 깔끔하면서 담백하고, 깊으면서도 개운한 맛이 난다. 그뿐 아니다. 국물의 질감이 밍밍치 않고 톡톡해 각종 건더기와 잘 어우러진다. 국물의 풍미가 입안에 묵직하게 감긴다. 우스갯소리로 케냐 원두로 내린 커피 맛 이상으로 보디감(body感)이 좋다.

쌀뜨물은 냄새와 기름기 제거에도 효과적이다. 반찬 냄새가 잔뜩 밴 통에 뜨물을 하루 이틀 받아두면 역한 냄새가 감쪽같이 사라진다. 조리 전 비린내가 심한 고등어를 뜨물에 30분가량 담가두면 비린내는 물론 짠맛까지 제거된다. 뜨물로 설거지를 하면 그 속에 함유된 전분 성분 덕에 웬만한 기름때는 세제 없이 제거된다.

나는 유리창 청소나 빨래에도 쌀뜨물을 받아서 쓴다. 뜨물의 유분이 왁스 효과를 낸다. 창이나 거울에 뜨물을 분무한 뒤 마른걸레로 닦으면 반짝반짝 윤이 난다. 흰 빨래를 삶거나 세탁기를 돌릴 때도 쌀뜨물을 활용하면 옷감이 새하얘지면서 표백 효과가 난다.

이 많은 효능을 제쳐두고 오늘은 나를 위해 쌀뜨물을 받았다. 뜨물은 피부 보습과 미백, 피부탄력 개선과 모공 속 노폐물 제거에 탁월한 마법수다. 밤늦은 시간, 주방을 마감하고 미리 받아둔 쌀뜨물을 얼굴에 끼얹었다. 적당한 유분이 실린, 매끈하고 보드라운 물이 피부를 감싼다. 온종

일 푸석하고 생기 없던 표피가 단비를 맞아 싱그럽다. 하루치 고단과 시름이 말끔히 씻긴 자리에 새 기운이 채워진다.

'어머님은 짜장면이 싫다고 하셨어.' 하는 노래 가사만큼 슬픈 노랫말은 없다. 나는 내가 좋아하는 짜장면이라면 식구들 앞에서 당당히 좋다고 해야지, 다짐하곤 했었다. 가족을 위해 시간을 쓰고, 몸을 쓰고, 좋은 것을 먼저 내주는 삶도 귀하지만, 가끔은 자신에게 가장 좋은 것을 대접할 줄 알아야 한다. 큰 사랑을 받아본 사람이 더 큰 사랑을 줄 수 있고, 자신을 진심으로 아낄 줄 아는 이라야 남을 제대로 품어줄 수 있으니까.

직장을 그만두면서부터는 줄곧 민낯으로 지내왔다. 기미와 주근깨로 뒤덮인 거뭇한 얼굴로 여럿이 모이는 장소나 공식 행사에 나가기가 망설여지는 날도 있었다. 그러나 역으로 생각하면 사람들이 내 본래 모습에 익숙해지면 그만일 터. 오히려 화장을 지우느라 애쓸 필요가 없고, 화장품으로 인한 피부 트러블도 염려하지 않아도 되니 얼마나 좋은가.

쌀뜨물은 주방 살림의 노른자위다. 그 좋은 것을 나를 위해 쓴다. 화장은 안 해도 쌀뜨물 세안은 한다. 국도 찌개도 끓여야 하고, 반찬통 냄새도 빼야 하고, 청소 빨래도 야물게 해야 하지만, 쌀뜨물 세안을 먼저 하고 남은 물로 하면 될 일이다. 대체 뭣이 중헌디!

큰 사랑을 받아본 사람이 더 큰 사랑을 줄 수 있고,
자신을 진심으로 아낄 줄 아는 이라야 남을 제대로 품어줄 수 있으니까.

나의 아날로그가 당신에게 가닿기를

'짓다'라는 우리말 표현에 자꾸만 마음이 간다. 밥을 짓고, 옷을 짓고, 노랫말을 짓고, 이야기를 짓고…….

누군가 밥을 '짓는다'고 말하면, 어쩐지 냄비밥이 지어질 것만 같다.

씻어낸 쌀 위에 손바닥을 살포시 얹어 밥물을 잡고, 마음을 써가며 불 조절을 하고, 밑이 살짝 눌어붙도록 지어낸 따끈하고 정성어린 밥.

글도 '쓰기'보다는 '짓기'에 가깝지 않을까. 글이야말로 뭉뚱그릴 수 없고 얼렁뚱땅 넘어갈 수 없는 투명한 세계다. 글 짓는 이의 됨됨이와 사고 방식, 삶의 태도와 살아가는 방식이 하얀 여백에 고스란히 담긴다.

이 책에 실은 나의 변변찮은 이야기들조차 글자의 단순한 조합은 아닌 것이다. 한 땀 한 땀 정성을 기울여 생각의 수를 놓았다. 호흡하며 살아낸 매 순간을 씨줄과 날실 삼아 세심히 엮어냈다. 글을 다 짓고 나서도 노트, 혹은 휴대용 컴퓨터를 들고 나르며 뜸 들임에 상당한 시간을 할애했다.

특별할 것 없는 일개 생활인의 일상을 너무 헤프게 풀어놓은 것 같다. 이 책의 마지막 장을 덮고 난 독자들이 어쩌면 우리 집 밥그릇, 젓가락 개수까지 알게 됐을지도 모른다는 생각을 했다. 그렇다고 뒤늦게 이불 킥을 해봐야 뾰족한 수가 있을까 싶다. 써낸 글을 전부 지우고 새로 쓸 기회가 생긴다 한들, 결국 똑같은 말을 읊조리게 될 텐데. 어쩌면 더욱 생생하고 적나라하게.

어째서일까. 그것은 결국 삶에 대한 애착과 의지를 숨길 수 없어서다. 그런 내게 꿈이란 끝내 사그라들지 않을 생의 불꽃이다. 많은 좋은 일들이 그 꿈으로부터 비롯됐다. 지난날의 결핍을 마주하는 용기와 열린 감각으로 세상과 교감하는 즐거움이. 풀 한 포기 나를 둘러싼 것들에 대한 진한 애정, 마침내 어제보다 더 나다운 오늘을 향해 내딛은 소신 있는 걸음까지도.

용기 내 쓰길 잘했다. 쓰고 나서는 삶이 훨씬 각별해진 느낌이다. 그 무엇보다 '온전한 나를 만날 자유'가 당신에게도 있음을 말해드릴 수 있어 기쁘다.

나의 아날로그가 당신에게로 온전히 가닿기를. 삶을 향한 마음이 누구보다 지극할 이, 바로 당신께.

우리는 각자, 또 함께 삶을 짓는다. 당신만의 근사한 아날로그를 힘껏 응원한다.